講談社文庫

十津川警部　青い国から来た殺人者

西村京太郎

講談社

十津川警部　青い国から来た殺人者　目次

十津川警部　青い国から来た殺人者

第一章　東京・第一番

1

四月十日、朝から春らしい陽光が降り注ぎ、夜になっても、暖かさが残っていた。午後七時から、都内のホテルNの菊の間で、パーティが、開かれた。東京S大学の、哲学科の岡本《おかもと》名誉教授の出版記念パーティだった。

岡本は今年六十歳。還暦を迎えて、今まで研究してきた仏教についての本を、出版した。題名は『日本仏教の変遷』である。千ページを超す大著で、パーティには、三百人を超す人々が集まった。

文部科学大臣の祝辞があり、パーティは盛大に行われた。

岡本は、現在大磯《おおいそ》に住んでいて、今夜は、パーティのあったホテルNに、泊まることになっていて、ツインルームを、リザーブしてあった。

パーティは、午後七時から九時まで行われ、九時半になると、人々は、あらかた消えてしまって、岡本は、人々に謝辞を述べた後、自分の部屋に入った。

翌朝十時に、出版社の編集者が、車で迎えに来た。大磯の自宅まで、岡本を送るためである。岡本は、五年前に、妻の秋江《あきえ》を失って、現在、やもめ暮らしである。

出版社の編集者は二人で、岡本の泊まっている一〇二〇号室に行き、ドアをノックしたが、返事がない。

ドアはオートロックなので、鍵がないと、開けられなかった。

「先生、朝食でも、食べに行ったのかな」

と、一人がいうと、もう一人が、

「朝食にしては、少し遅いんじゃないか。午前十時に、僕たちが迎えに来ることは、先生もわかっているんだし」

と、いった。

二人は、しばらく待ったが、いっこうに、ドアが開く気配がない。何度ノックをしても、同じだった。

仕方なく、二人は、ホテルの人間の立会いのもと、ドアを開けて、中に入った。

途端に、二人の顔色が変わった。

ツインのベッドの間のすき間に、岡本名誉教授が、仰向《あおむ》けになって、倒れていたからである。白いバスローブを着て、その胸の辺りに、赤く、血がにじんでいた。

「先生！　先生！」

と、二人が呼んだが、返事がない。

二人の編集者はあわてて、一一〇番と一一九番を押した。

まず、救急車が駆けつけたが、救急隊員は、脈を診てから、首を横に振った。

続いて、パトカーが駆けつけた。明らかに、他殺だった。

岡本名誉教授は、出版記念パーティの夜に、何者かに、殺されたのである。

2

捜査一課から、十津川《とつがわ》警部と、その部下の刑事たちが、やってきた。

部屋の中は、凄惨《せいさん》な血の匂《にお》いがしたが、同時に、華やかでもあった。昨日の夜のパーティの名残りのように、たくさんの花束が、部屋をうずめていたし、祝電の束が、枕元に置かれていたからである。

そのうえ、テーブルには、ワインと、ワイングラスが二つ、置かれていた。ワインは氷で冷やしてあったのだろうが、その氷は、すでに、溶けてしまっていた。

ほかに、ルームサービスで取ったと思われる果物。そうした部屋の華やかさと、白いバスローブ姿で死んでいる六十歳の男とは、あまりにも似合っていなかった。

「いい匂いがするな」

亀井《かめい》が、室内を見廻した。

「花の匂いじゃありませんよ。これは、香水の匂いです」

北条早苗《ほうじょうさなえ》刑事が、いった。

「じゃあ、この部屋に、誰か、女性が来ていたんだ」

「ええ、グラスの片方に、口紅が付いています」

と、早苗が、いった。

十津川は、出版社の編集者二人に、昨日のパーティのことをきいた。

「本当に、盛大なパーティでした。岡本先生が、久しぶりに、大きな本を出したので、皆さんが集まってくれたんですよ」

と、一人は、いい、その本を、十津川に示した。分厚い豪華本である。

「パーティの様子は、どうでしたか？　和《なご》やかなものでしたか？」

「ええ、盛大で、和やかで、みんなで、岡本先生の仕事をお祝いしたんです。岡本先生は、日本における仏教の権威ですからね。それに、今度出した本は、大変、評判がよかったんです」

もう一人の編集者が、いった。

「そのパーティの間に、何か、おかしなことはありませんでしたか？　たとえば、そのパーティに反対するような人間がいたとか」

「いいえ、そんなことは、ありません。皆さん、大人で、本当に、心から、岡本先生の偉業を褒《ほ》め称《たた》えていたんですよ」

「それで、パーティの後、岡本先生は、この部屋に入ったんですね？　それは、何時頃ですか？」

「九時半過ぎでした。パーティは、七時から始まって、九時には、終わったんですが、残った人たちが三十分ぐらいは、いろいろと、おしゃべりをしていましたから、先生が、一人になって、この部屋に入ったのは、おそらく、九時半過ぎだったと思います」

「この部屋で、どうやら、女性と、ワインでお祝いをしたらしいんですが、そうした女性に、心当たりは、ありませんか？」

十津川が、二人に、きいた。

「わかりませんね。先生は、なかなかハンサムなので、よくモテるんですよ。銀座のクラブなんかに行くと、話も面白いし、優しいから、先生は、モテていましたね。ひょっとすると、そんな関係の女性かもしれませんね。しかし、特定の女性というのは、いなかったと思いますが」

と、編集者の一人が、いった。

「被害者の岡本先生は、あなたたちが、翌朝の十時に迎えに来ることは、知っていたんですか？」

「ええ、知っておられました。大磯のご自宅まで、お送りすることになっていましたから」

「とすると、もし、部屋に女性がいたとしても、あなた方が、迎えに来る前に、帰したはずですね？」

「かもしれません」

「先生のことを、憎んでいたような人は、いませんか？　たとえば、学閥のようなものがあっただろうと思うし、仏教についての見方が、違っていて、それで、何か、争い事になっていたというようなことは、きいていませんか？」

「確かに、岡本先生の仏教に対する見方は、独特だったから、反対者もいましたが、しかし、そんな理由で、先生を殺すような人には、心当たりがありません」

編集者の一人が、きっぱりと、いった。

被害者が着ていたバスローブを調べていた亀井刑事が、バスローブのポケットから一枚の紙を見つけて、それを、十津川に渡した。

ハガキ大の白い紙に「第一番」と、書かれてあった。筆で書かれた、力強さの感じられる字だった。

十津川は、それを、二人の編集者に見せて、

「これ、岡本先生の筆跡ですか？」

と、きくと、一人が、

「いや、違いますね。先生には申し訳ないけど、先生は、字が、あまりうまくないんですよ。それに、文章も今は、パソコンでやっていますから、筆で書くことは、ほとんどなかったんじゃありませんか」

と、いった。

とすると、この「第一番」と書かれた文字は、犯人が書いて、バスローブのポケットに、入れておいたのだろうか？

十津川は、祝電の束を、取り上げた。上から順番に見ていく。文化庁長官の名前があり、T大学長からの祝電もある。京都の、有名寺院の管長からの祝電もあった。

それを一つ一つ、丁寧に見ていくと、十二枚目に、

〈おめでとうございます。二人で、祝杯をあげましょう。晴子《はるこ》〉

と書かれた祝電が、あった。

十津川は、それをまた、二人の編集者に見せて、

「この祝電の、晴子という名前の女性に、覚えがありますか？」

と、きいた。

二人の編集者は、顔を見合わせていたが、

「ちょっと、わかりませんね。晴美《はるみ》なら、銀座のクラブのママなんだけど」

と、小さく、笑った。

「パーティの時に、この祝電も、読み上げたんですか？」

「いいえ、違います。なにしろ、祝電だけでも、五十通近くありましたからね。全部読み上げていたら、時間がかかりすぎます。だから、文化庁長官や、T大学長の祝電など、五通ほど、読み上げただけで、このほかに、五十通近い祝電がありましたとだ

け、司会者は、いっていましたよ」

と、編集者の一人が、いった。

祝電全部を調べてみたが、この晴子という女性のほかには、わけありの感じの祝電は、見当たらなかった。ほとんどが、大学の関係者や、仏教関係者、あるいは、有名な宗教画の画家たちの祝電で、肩書きのない女の祝電は、この一通だけだった。

この女性が、パーティの後、このツインの部屋に、来たのだろうか？

十津川は、ホテルのルームサービス係に、部屋に来てもらった。

「ここにある、ワインやワイングラスや果物は、ルームサービスで、注文したものですか？」

十津川が、きくと、ルームサービス係の女性は、うなずいて、

「昨夜の午後九時五十分頃に、ご注文があったんです。冷やしたワインと、ワイングラスを二つ、それから、果物セットを大至急届けてくれ。そういわれました。それで、十時五分頃に、お届けしました」

「その時、部屋の中には、誰がいましたか？」

「お客様が、バスローブを着て、待っていらっしゃいました。それで、机の上に置いて、サインをしていただきました」

ルームサービス係は、岡本名誉教授がサインした伝票を見せた。

「その時、ほかには、誰かいませんでしたか？」

「誰も見ませんでしたが、でも、バスルームから、シャワーの音がきこえていましたから、ああ、女性がいるんだな。そう思いました」

ルームサービス係が、したり顔で、いう。

「どうして、女性がいると、思ったんですか？」

「部屋に、香水の匂いがしていましたから」

と、ルームサービス係が、いう。

「ワインですが、これは、ロゼですね？　特に、ロゼにしてくれという注文が、あったんですか？」

「そうです。白にしますか、赤にしますかと、おききしたら、ちょっと、間《ま》があってから、お客様が、ロゼにしてほしい。そういわれたんです」

「ちょっと、間を置いてから？」

「ええ、たぶん、女性の方にきいて、女性がロゼがいいと、おっしゃったんじゃありませんか？」

「あなたが、部屋に行ったとき、岡本先生の様子は、どうでしたか？　緊張したような様子でしたか？　それとも、ニコニコしていらっしゃいましたか？」

「ええ、とても、ニコニコしていらっしゃいましたよ。本当に、楽しそうでした。パーティが盛大で、長引いたので、お疲れだったでしょうと、おききしたら、お客様は、楽しそうに、笑っていらっしゃいました」

と、ルームサービス係は、いった。

たぶん、被害者は、ルームサービスで取り寄せたワインと果物で、女性と二人だけのパーティを、するつもりだったのだろう。ワインは、ほとんど一本、飲み干されているから、この部屋でのパーティは、楽しかったらしい。

その女性が、被害者を殺して、逃げたのだろうか？

それと、祝電にあった晴子という女性と、この部屋に来た女性とは、同一人物なのだろうか？

十津川は、そんなことを、考えてみた。

岡本名誉教授の死体は、すぐ、司法解剖に回された。

その結果、わかったことが、二つある。

一つは、死亡時刻である。死亡時刻は、四月十一日の、午前二時から午前四時までの間。もう一つは、死因。岡本名誉教授の体は、胸を二ヵ所、腹を一ヵ所、刺されており、胸の一ヵ所の傷は、心臓にまで達していた。そのためのショック死という判断だった。

凶器は、刃渡り十五センチから、二十センチぐらいの、片刃のナイフ状のものであろうと、解剖所見には、記されていた。

しかし、その凶器は、見つかっていないから、犯人が、持ち去ったに違いない。ツインルームの部屋には、そうした刃物はないから、犯人が、あらかじめ持ってきて、被害者の岡本名誉教授を刺し、殺してから、また持ち去ったに違いなかった。

ということは、最初から、岡本名誉教授を殺すつもりで、犯人は、やって来たことになる。

十津川が、司法解剖をした医者にきくと、心臓にまで達する傷を作るには、かなりの力が要るが、女でも、決して不可能ではないと、教えられた。

岡本名誉教授の所持金は、三十二万円。その金は、着替えをした彼の背広の内ポケットに入っていた。さらにいえば、室内を、物色した形跡は、まったくないから、金欲しさの犯行とは考えにくい。

とすると、この殺人事件は、怨恨《えんこん》としか考えようがない。

十津川は、刑事たちに、被害者である岡本名誉教授の、徹底的な身辺調査を指示した。

3

岡本義之《よしゆき》、六十歳、今年でちょうど還暦である。

生まれは、神奈川県の茅ケ崎《ちがさき》市で、父親も国立大学の教授だった。母親は女子高校の教師で、いわば、学者の家庭ということができるだろう。

岡本は、国立大学の哲学科に入学し、同じ大学の大学院を終えた後、S大の講師になった。

その後、日本の仏教について研究し、その独特な見方が、この世界で脚光を浴び、いくつかの論文が、アメリカやヨーロッパで、翻訳された。

三十五歳で助教授になり、五十歳で教授、そして、還暦を迎えた時には、名誉教授になっていた。

五年前に亡くなった妻の秋江との間には、一男一女がある。長男はやはり、父の跡を継いで、学者になり、現在、アメリカで、東洋史を教えている。

長女のほうは、結婚をして、北海道に住んでいた。

したがって、五年前から、岡本は、やもめ暮らしで、再婚を勧めてくれる人もいたのだが、彼は、一人暮らしを、楽しんでいるように見えた。

旅行も好きで、仏教の研究も兼ねて、中国やインドにも、しばしば旅行している。その旅行の成果が、今度出版された『日本仏教の変遷』に生かされていることは、間違いなかった。

「学者の間でも、岡本名誉教授の評判は、いいですよ。これまでも、研究結果が、評価されています。彼のことを悪くいう同業者は、いませんね。彼の後輩も先輩も、みな、岡本のことを立派な学者だと、誉《ほ》めています」

と、亀井が、いった。

「まったく、敵がいないというのは、かえって、おかしいんじゃないか？」

十津川が、首をかしげた。

「確かに、岡本名誉教授の、日本の仏教に対する見方は、かなり独特ですから、彼の考え方に、反対する者も、何人かいるようです。しかし、それも、お互いに、相手を尊重して、自分の論文を発表していますから、本当に、憎まれるような敵は、作っていなかった、そう見ています。それに、彼は、後輩の面倒も、よくみていましたから、後輩たちから、憎まれることもなかった、みんなが、そういっています」

「学者としての名声が高いということは、よくわかったが、現実の生活は、いったいどうなんだろう？　金に困っていることは、なかったのかね？」

と、十津川が、きいた。

「彼の父親も大学の教授ですから、それほどの資産家というわけではありません。しかし、大磯にある家は借家ではなく、自分の家ですし、年収は、らくに一千万円を超えているでしょう。また、岡本名誉教授本人は、別に、ギャンブルなどはしていませんから、借金も作っていないようです。それほど、贅沢はしていませんが、しかし、だからといって、金に困っていたというような様子は、ありません。時々、中国やモンゴル、あるいは、インドに行っていますが、ちゃんとしたスポンサーがついています。また、後輩と一緒になって、飲んだりすると、これもすべて、岡本名誉教授が、金を出していたということをきいていますから、金に困っていたということは、なかったと、思いますね」

と、西本《にしもと》が、いった。

「となると、問題は、女性関係かなあ。現に殺された夜は、女性と同じ部屋にいて、一緒にワインを飲んで、騒いでいたらしい。それともう一つ、祝電の中にあった晴子という女性だ。この女性を、なんとかして、見つけてほしいのだが」

と、十津川は、いった。

「晴子という女性のことは、わかりませんが、彼の女性関係のことは、いろいろと、きいてきました」

と、いったのは、北条早苗刑事だった。

「それを話してくれたまえ」

「先輩や同僚から再婚を勧められていましたが、ここ五年間、岡本名誉教授は、その再婚話に、乗ってきませんでした。自分は、今のところ、べつに不自由はしていないし、一人暮らしを、楽しんでいる。そういっていたようです。ですから、彼に再婚を勧めた先輩や同僚の中には、好きな女がいるんじゃないか。そんなことを思っていた人も、いたようです。その人たちに、例の祝電を見せると、半分ぐらいは、やっぱり特定の女性がいたのかと、うなずいていますし、半分ぐらいは、この女性はクラブのママか、ホステスではないか。ひょっとすると、神楽坂《かぐらざか》辺りの、芸者じゃないか。そんなふうにいっています」

「それだけ、被害者は、クラブや待合で、モテたということか？」

と、十津川が、きいた。

「そうですね。六十歳という実際の年齢よりも若く見えますし、ハンサムだし、それに、なによりも女性に優しいようでしたから、とにかく、モテていた。誰もが、そういっています」

「そうした水商売の女性の中で、個人的に親しく被害者とつき合っていた女性は、いないのかね？」

「今、それを探したんですが、なかなか見つかりません。確かに、クラブで飲んだりしていると、よくモテていたし、岡本さんとなら、結婚してもいいとまでいっているママもいるようですが、しかし、いくら探しても、特定の恋人といった女性は、見つかりませんでした」

　と、早苗が、いった。

「しかし、現にホテルの部屋で、女性と一緒だったんだ。だから、特定の女性がいたと、思わざるを得ないよ」

　十津川が、いった。

　刑事たちは、被害者の自宅も、調べることにした。

　目的の大部分は、問題の女性についてだった。その女性と親しくしていたのなら、手紙が来ているかもしれないし、パソコンに、メールが来ているかもしれない。そう思ったからだ。

刑事たちは、大磯の海岸近くにある岡本の家を、徹底的に調べた。

しかし、机の引き出しの中にあった数多くの手紙の中に、問題の女性からと思われるような手紙は、見つからなかったし、机の上のパソコンにも、女性からのメールは、届いていなかった。

二日後には、アメリカから、長男の岡本文男《ふみお》が戻ってきた。そして、北海道に嫁いでいる娘の美津子《みつこ》も、東京の捜査本部に、出頭して、十津川に、父のことをいろいろと、話してくれた。

まず、娘の美津子が、十津川にいった。

「祝電にあった晴子という女性については、心当たりがありませんわ。母が死んでから、父は努めて、特定の女性とのつき合いを避けているように、見えたんです。中国やインドに旅行する時も、一人か、あるいは、後輩の教授か教え子の学生と一緒でしたし、取材の時も、出版社の人が一緒でした。女性が一緒についていったということは、きいたことがありません」

それについては、息子の文男も、同感だといった。

「四年前ですが、父の本が英訳されて、アメリカで出版されたんですが、その時、父は一人で、ニューヨークに来ましてね。一週間、僕の家で、過ごしたんですが、その時も女性が一緒ではありませんでした。その時、僕はきいたんですよ。そろそろ、再婚したらどうですか。僕も美津子も、反対はしませんよ。そういったんですけどね」

「その時のお父さんの反応は、どうでしたか?」

「笑っていましたね。笑いながら、こういうんですよ。一人暮らしが、いちばんいい。これから、死ぬまで、一人で暮らしたい。そういっていましたね。笑っていましたけど、僕には、本気にきこえましたね。確かに、父は還暦になっても、元気だったし、一人暮らしを楽しんでいるように、見えたんです」

と、文男は、いった。

十津川は、彼らや、あるいは、教授仲間、教え子たちに、バスローブのポケットに入っていた「第一番」と書かれた紙を見せた。

「これについて、何か、思い当たることはありませんか?」

十津川は、全員に、同じことを、きいた。

しかし、返ってきた答えは、すべて、同じだった。

彼の息子や娘も、同僚も、教え子の学生も、すべてが、首を横に振って、

「わからない」

というのである。

4

捜査会議でも、被害者、岡本義之の女性関係と、問題の文字「第一番」が、議論の的になった。

「今回の事件は、どう考えても、怨恨による殺人としか思えません。そして、息子も娘も、あるいは同僚の学者も、全員が、被害者には、特定の女性はいなかったと、いっていますが、私には、そうは、思えないのです」

と、十津川が、いった。

「それは、なぜかね？」

「なんといっても、パーティの日の夜、被害者は、ホテルに泊まり、そこに、女性を呼んで、ワインを飲んでいるんですから、特定の女性がいたことは、間違いないんです。ただし、その女性が、はたして、あの祝電にあった晴子という名前なのかどうか。そこはまだ、わかりません」

「君は、その女性が、岡本名誉教授を殺したと、思っているのか？」

三上《みかみ》本部長が、きいた。

「そこが、わからないのです。あのホテルの部屋で、一緒にワインを飲んで、楽しんだ女性、その女性が、岡本名誉教授を殺したのかもしれませんし、あるいは、その女性が帰った後、犯人がやってきて、岡本名誉教授を、殺したのかもしれません。その点はまだ、はっきりしません」

と、十津川が、いった。

「もう一つは、例のメッセージかね？」

「そうです。これは明らかに、犯人が書いて、それを、被害者の着ていたバスローブのポケットに、入れたものだと、私は思っています。とすれば、明らかにこれは、犯人が残したメッセージだということになりますね」

「第一番というのは、どういうことだと、君は、思っているのかね？」

「素直に考えれば、岡本名誉教授を殺した後、これは第一番目の犯行であるという意味で、犯人は、この紙を、残しておいたのかもしれません」

「もし、君のいう通りだとするとだね、犯人は、第二、第三の犯行を、予告しているように見えるじゃないか？」

三上は、難しい顔をして、いった。

「その通りです」

「しかし、次の犯行を予告したにしては、第一番という書き方は、ずいぶん、面倒くさい書き方をしているじゃないか。普通なら、これは、第一の犯行だとか、今から始まるとか、そういうふうな書き方をするんじゃないのかね？　なぜ、この犯人は、第一番などという、かしこまった書き方をしているんだろうか？」

と、三上が、きいた。

「それも、はっきりとはしていません。今、本部長がいわれたように、普通の犯人ならば、第一番などとは、書かないでしょうね。これは第一の犯行だとか、あるいは、もっと警察に対して、挑戦的になって、次の犯行を防げるかなどと、書くところですが、なぜか、この犯人は、堅苦しい、妙にかしこまった書き方を、しているんです」

「問題は、それを君が、どう思っているかだね。どういう犯人像を、君は、考えているのかね？」

と、三上が、きいた。

「犯人の立場になって考えてみますと、東京都内のホテルの一室で殺したというのが、まず、私には、引っかかるんです。被害者の岡本名誉教授は、大磯で、一人暮らしをしています。われわれが調べたところでは、べつに、お手伝いさんはいませんし、運転手も雇ってはいません。完全に、自分一人だけの生活をしているんです。ですから、もし、岡本名誉教授を狙《ねら》うすれば、むしろ、大磯の自宅で狙うほうが簡単だと、思うのですよ。それなのに、この犯人は、わざわざ東京のホテルの一室で、被害者を殺しています。なぜ、そんなことをしたのか。なぜ、出版記念パーティの夜に、岡本名誉教授を、殺したのか。そこには、なんらかの犯人の意思が、働いているように、私には思えます」

「ホテルの中といえば、夜遅くなっても、誰かが歩いていたりするし、あるいは、フロントやエレベーターの中に、人がいたりする。犯人は、そんなところで、わざわざ被害者を殺した。それが不自然だと、君は、見ているのかね？」

「その通りです。犯人は、この機会を狙ったとしか思えません」

「とすると、やはり、パーティの後で、部屋に一緒にいた女性が、犯人だということになってくるのかね？」

「それが、いちばん普通の考えですが、被害者が殺されたのは、四月十一日の午前二時から、四時の間です。もし、一緒にいた女性が犯人だとしますと、前日の午後十時頃には、すでに、部屋に入っていたことになります。ルームサービス係の女性が、注文されたワインと果物を、部屋に持っていった時、バスルームから、シャワーを使っている音が、きこえていたといっていますから、その時すでに、女性がいたものと、考えられます。たぶん、その女性は、一緒にワインを飲み、果物を食べたのでしょう。午後十時頃から、少なくとも午前二時まで、彼女は被害者と一緒にいた。その間、べつに殺しもせず、ワインを空けて、二人だけのパーティをしていたことになります。そして、その後、突然、凶器を持ち出して被害者を刺し、そして、着替えをして、ホテルから立ち去ったことになります。この犯罪は、どう考えても、怨恨ですから、もし、その女性が犯人ならば、被害者を憎んでいたことになります。そんな憎い相手と、午後十時から四時間も、一緒に歓談できるでしょうか？　そこが、どうにもおかしいと、思うのです」

「その推理を進めていくと、犯人は、その女性ではなくて、べつの人間ということになってくるね。君は、そう思っているのか？」

「今も申し上げたように、女性が、殺したいほどに憎んでいる男性と一緒に、四時間も過ごすというのは、不自然ですから、たぶん、彼女は、被害者と一緒に、あのツインルームで、パーティを楽しんでいたのだと思います。祝電にあったように、二人だけの、お祝いをしていたわけですよ。そして、午前二時になって、帰ったんじゃないかと、思います。朝になってから帰ると、まずいというので、夜が明ける前に、帰った。それは納得できるのです。彼女が帰ったその後で、犯人が、部屋に入ってきて、被害者を、殺したのではないかと、私は考えているのですが」

「あの部屋は、オートロックだろう？」

「その通りです」

「それに、被害者は、バスローブ姿で、殺されていたんだったな？」

「はい」

「そんな格好で、被害者は、どうして、犯人を部屋の中に、入れたのかね？　普通なら、入れないいんじゃないか？」

と、三上が、いった。

「そうですね。確かに、普通なら入れないでしょう。しかし、こういうことが、考えられるんです。二つの考え方があります。一つは、女性が帰った後、ごく親しい人間が、訪ねてきた。バスローブ姿で会ってもおかしくないような、そんな親しい人間です。それで、被害者は、犯人を、中に入れてしまった。これが、一つの考え方です。もう一つは、午前二時頃、女性は、帰っていった。その直後にドアがノックされたので、被害者は、女性が、何か忘れ物でもして戻ってきたと思って、ドアを開けて犯人を入れてしまった。これが、二つ目の考え方です」

と、十津川は、いった。

5

さすがに、被害者が名誉教授だけあって、また、都心のホテルの一室で殺されたということもあって、事件は、新聞が、大きく報道した。

その中で、警察は、被害者と一緒に、ホテルの一室で乾杯をした女性のことを発表し、もし、犯人でなければ、名乗り出てほしい。捜査に、協力してほしいと、新聞紙上で、呼びかけることにした。そして、その結果を待つことにした。

四月十五日、捜査本部に、一本の電話がかかってきた。女性の声である。

「名前は、申し上げられませんが、私が、あの日、ホテルで、岡本先生と一緒に、祝杯をあげました。でも、私は、岡本先生を、殺したりはしていません」

と、彼女は、いった。

「われわれも、もちろん、そうは考えていないんですよ。ですから、捜査本部に、来ていただけませんか？　こちらに、来ていただいて、詳しいお話を、おききしたいのですが」

十津川は、説得した。

「それはできません」

と、女は、いう。

「しかし、こうして、お電話をいただいているのですから」

十津川は、なおも、頼んだが、女のほうは、

「こうして、電話をするのが、精一杯です。ですから、そちらに、うかがうわけには、まいりません。どうか、お許しください」

「電話でも結構ですから、こちらの質問に、答えてくださいませんか？」

と、十津川が、いった。

「どんなことでしょうか？」

「あなたは、四月十日の夜、ホテルに行かれて、被害者である岡本名誉教授の部屋に、入られたのですね？　それは、間違いありませんね？」

「ええ、先生と二人だけで、お祝いをしようと思って」

「それは、岡本先生のほうから、あなたに、一緒に祝おうじゃないかと、いわれたのですか？」

「ええ、そうです」

「それで、四月十日の午後十時頃、あのホテルに、行かれたんですね？」

「ええ、行きました」

「それから、一緒にワインを飲み、果物を食べ、先生の出版を祝った。そうですか？」

「ええ、尊敬していますから」

「それから、あなたがお帰りになったのは、何時頃ですか？」

「午前二時を、少し過ぎていました。夜が明けて、人に見られると困るので、私は、あわてて帰りました。その時、先生は、お元気で、ニコニコして、私を、見送ってくださったんです」

と、女が、いった。

「その時、岡本先生は、白いバスローブ姿でしたか？」

「ええ、そうです。これから、パジャマに着替えて寝るよと、そうおっしゃっていらっしゃいました」

「あなたが、あの部屋を出た時、廊下に、人影はありませんでしたか？」

「まったく、気がつきませんでした。私は、人に見られずに帰ろうと思って、とにかく、急いでいましたから、廊下に人がいたかどうか、そういうことは、まったくわかりません」

「失礼ですが、あなたと岡本先生とのつき合いは、長いのですか?」

と、十津川が、きいた。

「そんなに長くはありません」

と、女が、答える。

「できれば、お名前を、うかがいたいのですが、駄目ですか?」

「それは、できません」

「パーティの当日、会場に届いた祝電の中に、晴子という名前が、あったのですが、あなたは、晴子さんですか?」

「いいえ、違います」

と、女が、いう。

「あなたから見て、岡本先生には、敵がいましたか?」

「わかりません」

だんだんと、女の答えが短くなっていく。そして、最後に、

「失礼します」

とだけいって、女は、電話を切ってしまった。

警察の電話は、相手が切っても、繋《つな》がったままである。

「東京駅の構内にある公衆電話です」

と、早苗が、いった。

すぐ、西本と日下《くさか》の二人が、パトカーで、東京駅に向かった。

現在、携帯電話の普及にともなって、公衆電話は、少なくなっている。東京駅構内の公衆電話も、大幅に減っていた。

その数少ない公衆電話の一つから、女は、捜査本部に、電話をかけてきたのである。

西本と日下が、その目的の場所に着いた時には、すでに、それらしい女の姿は、なかった。そこで、近くにいた駅員や、あるいは、そばの公衆電話から電話をかけていた人に、きいて回った。

その結果を、西本が、十津川に報告した。

「はっきりとは、わかりませんが、三十代の女性が、問題の公衆電話から、かけてきたようです」

「はっきりとした人相は、わからないのか？」

と、十津川が、きいた。

「わかりません。駅員も、なんとなく見ていたということですから」

「なんとなく見ていたというのは、どういうことなんだ？」

「かなりの美人だった。それで、なんとなく見ていたと、駅員は、いっています。駅員が、見ていた女性なんですが、ブルゾン姿で、リュックサックを、背負っていたというんです」

「とすると、東京駅から、どこかに、旅行に行く前に、こちらに、電話をしてきたということか？」

十津川が、きいた。

「そうも思えますけど、逆に、旅行から帰ってきて、かけたのかもしれません」

と、西本が、いった。

とにかく、三十代の女性で、駅員の証言によれば、美人だったという。

四月十五日の夜七時頃、彼女は、旅行に行こうとしているのか、あるいは、旅行から帰ってきたのか、リュックサックを背負った格好で、東京駅の公衆電話から、捜査本部にかけてきたことになる。

鑑識が急行して、問題の電話に付いた指紋を、採取して帰った。それを警察庁に、照会したが、前科者カードには、載っていなかった。

警察にかかってきた電話は、すべて録音されているから、彼女と十津川との会話も、当然、すべてテープに録《と》られている。

十津川は、もう一度、そのテープをきき直してみた。そばにいた亀井や、ほかの刑事たちも、その録音を、きいた。

「さて」

と、十津川は、刑事たちに向かって、

「君たちは、どう思うね？　彼女が犯人だと、思うかね？　それとも、彼女が電話でいっていたように、彼女が帰った後、何者かが、部屋に入って、岡本名誉教授を殺したと、思うかね？」

と、きいた。

「なんともいえませんね」

と、三田村《みたむら》が、いった。

「彼女が犯人で、嘘《うそ》をついているのかもしれませんし、彼女は、自分が疑われていると思って、あわてて、電話をかけてきたのかもしれません。どちらともいえません」

「確かに、そうだな。彼女が犯人だという可能性もある」

と、十津川は、いったが、しかし、彼の頭の中では、ワインで二人だけで祝った女性は、犯人ではなく、彼女が帰った後で、犯人があの部屋に入り、岡本名誉教授を殺したと、考えていた。そのほうが、自然だからである。

もう一つ、彼女が犯人ではないと考える証拠があった。それは、指紋だった。

鑑識は、問題の部屋の中や、あるいはドアの取っ手などの指紋を調べているのだが、ドアの取っ手の指紋が、拭《ふ》き消されていることが、判明したのである。

もし、犯人が、岡本名誉教授と、ワインを一緒に飲んだ女性ならば、部屋の中や、あるいはワインのボトル、ワイングラスに、たくさんの指紋を、残しておきながら、ドアの取っ手の指紋だけを、拭き消すというのは、おかしいからである。

犯人がべつにいて、その犯人が、ドアのノブに手をかけたので、その指紋を消して、逃走したと考えるほうが、自然というものだろう。

事件から、一週間が過ぎた。が、依然として、犯人の目星は、ついていなかった。

岡本名誉教授の周辺を、徹底的に洗ったのだが、これという容疑者が、浮かんでこないのである。

学者仲間、それからS大の学生たち、あるいは出版関係者など、五百人近くを、徹底的に洗ったのだが、これはという容疑者は、浮かんでこない。それだけ、被害者は、周辺の人たちに、尊敬されていたということかもしれなかった。

十津川は、少しずつ、焦《あせ》りと不安を感じていた。それは、犯人のメッセージと思われる「第一番」と書かれた紙のせいだった。

もし、次の殺人が、予告されているとすれば、肝心の容疑者がわからないうちに、次の殺人事件が起こるおそれがある。

十津川は、そう考えて、焦燥《しようそう》にかられていた。

四月二十日、第一の事件が起きてから十日目の夜、十津川の恐れていた第二の事件が、発生した。

それが起きた場所は、東京ではなく、大阪だった。

第二章　大阪・第二番

1

　世間では、景気は回復基調にあるといっているが、どうやら、景気のいい人間もいれば、悪い人間もいる。そういう二極化している現実があるのだろう。

　その典型的な例が、東京でいえば、山谷《さんや》であり、大阪でいえば釜ケ崎《かまがさき》だろう。景気のいい時であれば、そこへ行けば、なんらかの仕事が得られ、日当を、もらえるのだが、今は、山谷に行っても、釜ケ崎に行っても、ほとんど仕事がない。

　そのため、ドヤにも泊まれない男たちは、東京では、上野《うえの》公園や浅草《あさくさ》の公園などに、段ボールやテントを張って、生活をしている。

　大阪の天王寺《てんのうじ》公園でも、そうしたホームレスたちが、段ボールや青いシートで、小屋を造って、住んでいる。そのほとんどが、中年以上の男女であり、中には、五年六年と、長年、ホームレス生活を送っている者も、多いという。

そうした男たちの中に、通称ナゴヤという五十代の男がいた。名古屋の生まれで、そのため、ナゴヤと呼ばれているのだが、はたして、本当に名古屋生まれかどうかは、定かではない。

年齢も、五十歳といっているが、疲れたその体や、黒ずんだ顔を見れば、どう考えても、六十歳近いだろう。

天王寺公園に来たのは、今から一ヵ月ほど前で、その前はどこにいたのか、定かではない。どうやら、その男も、ホームレス生活は、五、六年になるらしい。

小柄で、なんとなく抜け目のない顔をしているが、天王寺公園に越してきてから、腰を傷《いた》めて、最近は、まったく元気がない。今朝も、なんとか金《かね》になるアルミ缶を探して、天王寺界隈《かいわい》を歩いていたのだが、五、六個も拾うと、腰が痛くなって、帰ってきて、小屋の中で眠ってしまった。

夕方になると、近くの教会の奉仕団が、毎日ここにやってきて、雑炊《ぞうすい》を作っては、無料で、ホームレスに配っている。この男も、それを知って、小屋から這《は》い出すと、その雑炊をもらってきて、小屋の中で、食べ始めた。

午後十時近くなると、公園に遊びに来る人影も、まばらになって、街灯だけが、寂しく、灯りをつけている感じになる。ホームレスが住んでいる、いくつかの段ボールの小屋も静かになって、たぶん、全員が、寝てしまったのだろう。

午後十一時五十五分、あと五分で四月の二十一日になるという時、一一〇番があった。天王寺公園で人が殺されているという、男の声の一一〇番である。

パトカーが駆けつけ、警官が五、六人で、天王寺公園の中を探したところ、公園の一角、公衆便所の近くで、六十歳前後の小柄な男が、仰向けに倒れているのが、発見された。

懐中電灯の光を当てると、胸の辺りから、血が流れている。汚れたズボンに、スニーカー、それに、汚れたジャンパーを着ていて、顔色が浅黒い。一見して、ホームレスとわかった。

警官の一人は、この公園の中を、毎日のようにパトロールしていて、この男が、通称ナゴヤと呼ばれる男であることに、すぐ気がついた。

被害者が誰であれ、これは、紛れもなく殺人事件である。

そこで、大阪府警本部、捜査一課の松崎《まつざき》警部と、その部下の刑事たちが、現場に乗り込んできた。

「若者たちによる、いじめでしょうかね？　いじめが高じて、殺してしまったんじゃありませんか？」

木下《きのした》刑事が、真っ先に、いった。

最近、十代の若者がホームレスを襲う事件が、連続して三件も、起きていたからである。いずれも理由はなく、ただ、弱い者いじめの感覚で、石をぶつけたり、金属バットで殴《なぐ》ったりして、そのうちの一人のホームレスは、死んでしまった。

それを考えての、木下刑事の推論だったが、松崎警部は、小さく、首を横に振って、

「いや、それとは少し違うようだね。若者たちのいじめならば、三、四人で、寄ってたかって、殴り殺しているだろう。これは、犯人が胸を刺して、殺しているんだ。だから、いじめが高じて、殺してしまったということではなく、この男を最初から、殺すつもりで刺したに違いないと、私は思う」

と、松崎は、いった。

「しかし、最初から、理由があって殺したとすると、どんな、犯人なんでしょうかね？　相手は、何も持っていないホームレスですよ。殺したところで、なんの得にも、ならないんじゃありませんか？」

と、木下が、いった。

確かに、動機が、わからない。松崎も、そう思っていた。

「とにかく、この男の身許の確認が第一だな。身許がわかれば、殺人の動機も、わかってくるだろう」

と、松崎が、いった。

死体は、すぐ、病院に運ばれ、司法解剖が、行われた。

松崎たちは、公園の中にいる十何人かのホームレスに会い、片っ端から、殺された男のことを、きいてみた。それで、わかったことがある。

男の名前は、通称ナゴヤ。一ヵ月ぐらい前に、この公園にやってきて、住みついたのだという。

以前、このナゴヤと、ケンカをしたというホームレスがいた。五十五歳の男で、彼は、こう証言した。

「あの野郎、まだ、新入りのくせに、大きな顔をしやがって。この公園の仲間を、なにかと指図しようとするから、俺が怒って、殴ってやったんだ。ここに住んでいる仲間もみんな、あいつのことを、嫌っていたよ。なにかというと、すぐ命令口調でいうし、今朝も、この周辺で、アルミ缶を探していて、ケンカになって、誰かに殴られたらしいよ。顔から血を流していたからな」

と、そのホームレスは、いった。

なるほど、よく見ると、額の辺りに、傷があった。もちろん、その血は乾いてしまっている。そのあと、何者かに刺されたのか。

松崎たちは、被害者が建てたという、段ボールの小屋の中に、入っていった。

小屋の中には、薄汚れた毛布が二枚、それに、これも、どこかから拾ってきたらしいラジオが一台、ほかには、小さなボストンバッグが、一つあるだけだった。

いってみれば、そのボストンバッグが、殺された男の全財産なのかもしれなかった。

松崎たちは、懐中電灯の光の中で、慎重に、ボストンバッグを、開けてみた。

小さなボストンバッグの中には、石鹼やタオルといった生活用品のほかに、面白いものが、二つ入っていた。

その一つは、携帯電話である。しかし、電池が、切れているらしく、なんの音も、きこえなかった。

そして、もう一つは、運転免許証だった。これも、有効期限が、五年も前に、切れてしまっていた。

ただ、その運転免許証には、堀増二郎《ほりますじろう》という名前と、名古屋市内の住所が、書かれてあった。

年齢は五十九歳である。免許証に貼られた写真は、間違いなく、殺された男の顔だった。

とすると、やはり、殺された男は、名古屋の生まれなのだろうか？

「とにかく、名古屋に住んでいたということが、わかっただけでも、収穫だな」

と、松崎は、いった。

2

夜が明けてから、まず、司法解剖の結果が、報告されてきた。

それによると、殺されたのは、四月二十日の午後十時から十一時の間で、胸を刺された傷が、心臓にまで達していて、それが死因と、書かれてあった。

刺し傷は、胸や腹など、合計四ヵ所あったという。

「ほかにもう一つ、面白い発見が、ありましたよ」

と、病院に行っていた刑事から、電話があった。

「殺された時に、被害者が着ていたのは、ジャンパーですが、そのジャンパーのポケットの中に、妙なものが、入っていたんですよ。ハガキ大の大きさの、白い紙なんですが、二つに折ってあって、それを広げてみると、内側に、墨で書いた『第二番』という文字が、あったんです」

と、その刑事が、いった。

「『第二番』だって？」

と、松崎は、オウム返しに、いってから、その言葉を、どこかできいた記憶があると思った。

ほとんど同時に、そばにいた木下刑事も、気がついたらしく、

「東京の事件ですよ」

と、松崎に、いった。

「ああ、そうだ。東京で、四月十一日に起きた殺人事件でも、殺された大学教授が着ていたバスローブのポケットに、同じようなことを書いた紙が、入っていたようだね。確か、あの事件では『第一番』と書いてあったはずだ。今度は、『第二番』か」

「二つの事件には、何か関連があるのでしょうか？」

と、木下が、きいた。

「それはわからないが、被害者が、ちょっと違いすぎるな。東京の事件で殺されたのは、六十歳の、大学の立派な名誉教授だよ。日本の仏教について研究していて、多くの論文を書いている。その出版記念パーティには、三百人を超える人々が、集まったそうじゃないか。そんな立派な男に比べて、こちらで死んだのは、ホームレスだよ。別に、ホームレスのことを、低く見るつもりはないが、しかし、大学の名誉教授なら、殺す動機を持つ人間がいたとしても、おかしくないとして、はたして、ホームレスを殺すだけの動機を持つ人間が、いるだろうか？」

と、松崎は、首を、傾《かし》げてしまった。

「ともかく、この運転免許証にあった名古屋の住所を、訪ねてみようじゃありませんか？　そこできいてみれば、もしかすると、被害者を殺す動機を持った人間が、見つかるかもしれませんよ」

と、木下が、いった。

昼過ぎになって、松崎警部と木下刑事は、新幹線で、名古屋に向かった。

問題の運転免許証は、今から五年前に失効している。免許証には、住所が書いてあるが、今でもそこに、被害者と関係のある誰かが、住んでいるのかどうか、覚束《おぼつか》ないものだった。

名古屋駅に着くと、二人は、まず運転免許証の住所に、向かった。

名古屋駅から車で二十分、その番地には「峠」という喫茶店があった。小さな喫茶店である。

入っていって、二人は、カウンターに腰を下ろし、四十代のマスターに、運転免許証を見せた。

「この堀増二郎という人を、知りませんかね？」

松崎が、きくと、マスターは、

「堀さんなら、以前、この場所で、ラーメン屋をやっていた人じゃないかなあ？　私は、二年前に、ここを買いましてね。リフォームをして、今は、ご覧のように、小さな喫茶店をやっているんですよ。確か、その前のラーメン屋の主人が、堀さんという人だったと、ききましたがね」

と、いった。

「その堀さんの家族が、今どこに住んでいるか、知りませんか？」

「これも、人づてにきいたんですが、ここでラーメン屋をやっていた堀さんは、大きな借金を作ってしまいましてね。そしてある時、蒸発してしまったらしいんですよ、借金を残したままね。それで、奥さんと子供は、実家に帰ったと、きいています」

「その奥さんの実家というのは、どこでしょうか？」

と、松崎が、きいた。

「そうだ、一度、手紙を、もらったことがあるんだ。探してみましょう」

と、マスターは、いってくれた。

3

マスターの探してくれた、その手紙には、岐阜県美濃加茂《みのかも》市の住所と、金子徳子《かねこのりこ》という名前があった。金子というのは、奥さんの旧姓なのだろう。

二人の刑事は、マスターに礼をいって、店を出ると、今度は、美濃加茂市に向かった。

美濃加茂市の手紙の住所は、魚屋になっていた。「魚商金子」という看板が、出ている。

二人の刑事は、そこで、金子徳子に会った。

家の中では、話しにくいということで、彼女に、近くの喫茶店まで、来てもらった。

まず、松崎警部が、彼女の夫、堀増二郎が、大阪の天王寺で死んだことを、告げると、徳子は、べつに驚きも、悲しみもせず、

「そうですか」

とだけ、いった。

夫への愛情などというものは、すでに、消えてしまっているのだろう。だからこそ今は、堀から、旧姓の金子に、戻っているのかもしれない。

「ご主人は、名古屋でラーメン屋をやっていましたね？　そして、借金を作って、蒸発してしまったときいたのですが、それは、本当の話ですか？」

と、松崎が、きいた。

「ええ、五百万もの借金を作って、ある日突然、蒸発してしまったんです」

「その借金は、どうなったんですか？」

「私が、両親に頼んで、全額返してもらいました。店だって、自分のものではなくて、借りていたんですから、五百万まるまる、借金が、私にかぶさってきたんですよ」

徳子は、かすかに怒りを見せて、いった。

「ご主人の堀さんが蒸発したのは、五年前ですね？」

「ええ、五年前の夏でした。借金を返すあてができたといって、家を出ていったのですが、そのまま、帰ってこなかったんですよ」

と、徳子が、いった。

松崎が、念のために、堀増二郎の運転免許証を見せると、徳子はチラリと見て、

「ええ、間違いなく、あの人です」

「五年前に蒸発して、その後、奥さんに、何か連絡がありましたか？」

「いなくなった年には、二回か三回ほど、電話が、ありました。しっかり稼いで、借金を返せるようになったら、名古屋に帰る。そういう電話でしたけど、それも、二年後には、まったく連絡がなくなってしまったんですよ。その後は、今日まで、全然、連絡がありませんでした」

「大阪の天王寺で、ホームレスをしていたのですが、そのことは、知っていましたか？」

「いいえ、全然。でも、そんなことだろうと、思っていました」

徳子は、冷たい口調で、いった。

「堀さんは、どんな性格でしたか？」

と、木下刑事が、きいた。

「お金がある時は、威張り散らして、お金がなくなると、ヤケになる。そんな困った性格で、私も、しばらくは、我慢していたんですけど、ある時、とうとう、ついていけなくなって、別れようと思っていたら、あの人が、五百万円もの借金を作って、突然、消えてしまったんです」

「あまり、人づき合いのいいほうでは、なかった？」

「ええ、すぐに、威張り散らすので、お客に嫌がられていました。だから、ラーメン屋も、うまくいかなくて、借金ができてしまったんです」

「ほかに、堀さんの性格で、何か目立つことはありますか？」

と、松崎が、きいた。

「こんなことをいっても、いいのかどうか、わかりませんけど、人が持っているもので欲しいものがあると、なんとしてでも、それを手に入れようとするんです。お金があれば、お金を出して、買うんですけど、なければ、盗んでしまうんですよ。そんなことも、二、三度ありました」

と、徳子は、いった。

「欲しいものがあると、盗んでしまうんですか？」

「ええ、あの性格は、生まれつきではないかと、知り合いの人が、いっていましたけど」

「生まれつきの盗癖《とうへき》ですか？」

「ええ、そうだと思います。結婚してから知ったんですけど」

徳子は、小さく、肩をすくませて、いった。

「岡本義之という名前に、きき覚えは、ありませんか？」

と、松崎が、きいた。

「岡本義之、ですか？」

徳子は、オウム返しにいってから、

「その人は、いったい、どういう人なんでしょうか？」

「東京の、ある大学の名誉教授です。年齢は六十歳。堀さんから、この名前を、きいたことはありませんか？」

松崎が、きくと、徳子は、ちょっと笑ってから、

「あの人が、そんな大学の偉い先生と知り合いだなんて、考えられませんよ」

と、一言《いちごん》のもとに、否定した。

その後、松崎は、小さなボストンバッグの中に入っていた携帯電話を取り出して、徳子に見せた。

「堀さんは、亡くなった時、この携帯電話を持っていたのですが、これって、五年前に、姿を消す時、持っていたものでは、ありませんか？」

と、きいてみた。

徳子は、その携帯電話を、じっと見ていたが、

「これ、違いますね。あの人の携帯電話じゃありません。五年前に家出をした時、携帯電話は持っていかず、家に置いていったんです。だから、これ、どこかで、拾ったか、盗んだんじゃありません？」

徳子は、相変わらず、冷たい口調で、いった。

4

二人が、大阪の捜査本部に戻ると、殺された堀増二郎が、一ヵ月前にも、アルミ缶のことで、ケンカした相手が見つかって、捜査本部に連れてこられていた。

その相手というのは、同じホームレスの四十歳の男で、彼は毎朝早く、自転車で、大阪市内を走り回っては、アルミ缶を、集めているという。

その男は、松崎の質問に答えて、

「ああ、確かに、一ヵ月前に、ケンカしましたよ。俺が苦労して、アルミ缶を集めて、袋に入れてから、自転車の荷台に積んでおいたんですよ。それを、俺が見ていない時に、アイツが、その袋から、アルミ缶を盗み出していたんですよ。それで、カッとなりましてね、殴りつけてやりました。アイツは、ほかの仲間とも、アルミ缶のことで、ケンカしてましたよ」

と、その男は、いった。

「その時、被害者が君の袋から盗んだアルミ缶は、どうしたのか？」

松崎がきくと、男は、笑って、

「殴りつけた後で、全部、取り返しましたよ」

と、いった。

「被害者は、殺された日、アルミ缶を五、六缶持って帰ってきたんだけどね。そのアルミ缶は、どうしたんだろう？」

「それは、俺のアルミ缶じゃありませんよ。どこかで拾ったんじゃありませんか？」

と、男が、いった。

「君は、四月二十日の夜十時から十一時の間、どこで、何をしていたのかね？」

と、松崎は、きいた。

「どうしていたかな。ああ、そうだ。アルミ缶を売った金で、飲み屋に行って、焼酎を飲んでいましたよ。金が入ると、時々そこで、焼酎を飲むんですよ。それからおでんを食べるんだ。それが俺の唯一の憂さ晴らしでね。嘘だと思ったら、その飲み屋に行って、きいてみてください。俺は、そこの常連なんだから」

と、男は、自慢そうに、いった。

すぐ、刑事の一人が、その飲み屋に飛んでいった。そして、帰ってくると、

「間違いありません。あの男が、四月二十日の夜遅く、十時前後ですか、金を持って飲みに来たそうです。おでんを食べて、焼酎を飲んで、酔っ払って、帰ったそうです。店の主人は、男が帰ったのは、十二時頃だと、いっていました」

と、松崎に、報告した。どうも、ホームレス仲間の犯行ではなさそうである。

松崎は、東京で、名誉教授殺しの事件を担当している十津川に、電話をかけた。こちらで、四月二十日に起きたホームレス殺しについて、話してから、例の「第二番」と書かれた文字のことを伝え、

「十津川さんは、どう思われますか？　犯人のメッセージとしては、ちょっと風変わりなんですが、風変わりなだけに、どうも、そちらの事件と関連があるような気がして、仕方がないんですよ」

と、松崎は、いった。

「私も、何か、関連があるような気がします。その『第二番』と書かれたものを、こちらにファックスで、送ってもらえませんか？　筆跡を比べてみたいんです」

と、十津川は、いった。

松崎はすぐ、「第二番」と書かれた紙を、東京の捜査本部に送った。

すぐに、十津川から、折り返しの電話が、かかってきた。

「今、拝見しました。見たところ、まったく同じ筆跡ですね。同じように墨で書かれていて、うまい字です。これから、筆跡鑑定をしてもらいますが、私が見たところでは、まったく同じに見えますよ」

と、十津川が、いった。

その後で、

「こちらで、筆跡が、同一人物のものという答えが出たら、すぐに、そちらにうかがいます」

と、十津川が、いった。

5

翌四月二十二日の午後、東京から、十津川警部と亀井刑事の二人が、大阪に、やってきた。十津川は、松崎に、東京で発見された「第一番」と書かれた紙を、見せた。

「科研で、筆跡鑑定をしてもらったところ、同一人物の筆跡だという答えが、出ました」

松崎が見ても、確かに、同じような筆跡である。同じようにうまい。そして、几帳《きちよう》面《めん》な堅い字だった。

「どうやら、これは、合同捜査の必要がありそうですね」

と、松崎は、いったが、しかし、

「どうも、二つの事件は、被害者が違いすぎますね」

とも、いった。

十津川も、うなずいて、

「確かに、一流大学の名誉教授と、ホームレスの男では、共通点が、なさ過ぎるような気が、私もします」

「私は、ホームレスとして殺された、堀増二郎の奥さんに会ってきたのですが、奥さんも、岡本義之という東京S大の名誉教授については、まったく記憶がないと、いっているんです」

と、松崎は、いった。

「私も、この犯人のメッセージのことがわかってから、殺された岡本義之名誉教授ですが、この人の友人知人に、片っ端から電話をして、堀増二郎という名前を知っているかどうかを、きいてみました。しかし、知っている人間は、誰一人としていないんですよ。堀という男が、名古屋で、ラーメン屋をやっていたということも、話しました。しかし、反応は、まったくありませんね。だから、今のところ、岡本義之と、こちらで発見された堀増二郎との間には、なんの共通点も、見つからないのです」

と、十津川は、いった。

「しかしですね」

と、松崎は、机の上に並べた二枚の紙を、見比べた。

「第一番」と書かれた紙、そして、「第二番」と書かれた紙。どちらも、筆で書かれた、上手な筆跡である。間違いなく、同一人物の書いた字であり、同一人物が残したメッセージなのである。

「今のところ、二人の間には、なんの共通点もないようですが、犯人から見た場合、間違いなく、なにかしらの共通点があるんでしょうね。だからこそ、殺した後、同じようなことを書いた紙を、残していった。そうとしか、思えないんですよ」

と、松崎が、いった。

東京と大阪で、合同捜査ということが決まっただけで、十津川は、亀井と二人、東京の捜査本部に戻って行った。

その日の捜査会議の席上、十津川は、大阪で、頭に入れてきた知識を、三上本部長に報告した。

「間違いなく、犯人のメッセージは、東京も大阪も、同一人物によるものです。それに、殺しの方法も、まったく同じだと見ていいと思います。ナイフで、東京の場合は、三ヵ所を刺しており、大阪の場合は、四ヵ所を刺しています。いずれも、心臓に達したそれが致命傷になっています。犯人のメッセージが同一であること、それから、殺しの方法が同じであることから考えて、東京と大阪で起きた二つの殺人事件は、同一人の犯行と断定していいと、私は、思っています」

と、十津川は、いった。

三上本部長は、首を傾げて、

「しかし、被害者が、あまりに違いすぎるんじゃないか？　それは、君だって、気がついているはずだ」

と、十津川に、いった。

「その通りです。東京のホテルで殺された岡本義之という被害者は、学者一家に生まれて、本人も、有名な仏教の研究者であり、名誉教授でもあります。教え子もたくさんいますし、周囲の人間から、尊敬されてもいました。それに比べて、大阪で、四月二十日に殺された堀増二郎という五十九歳の男は、五年前に、名古屋でやっていたラーメン屋を潰《つぶ》し、そして、五百万円の借金を残して、家出し、それからずっと大阪で、ホームレスをしていた、そんな男です。こんな比較をしては、いけないと思いますが、岡本義之の場合は、彼が殺されたことで、多くの人間が、嘆き悲しんでいます。それに比べて、大阪で殺されたホームレスは、妻からさえ冷酷に、死んで当たり前のようなことをいわれています。たぶん、大阪の堀増二郎が死んで、悲しんだ人間は、一人も、いなかったと思います。それなのに、二人は、間違いなく、同一人物に殺されているんです。しかも、犯人は、かなりの恨《うら》みを、この二人に持っていたと、考えられます」

十津川は、確信を持って、いった。

「どうして、犯人が、この二人に、かなりの恨みを持っていたと、君は思うのかね？」

と、三上が、きいた。

「それは、犯人が残したメッセージです。それも、犯人は、東京の場合も、大阪の場合も、被害者の着ていた服のポケットに、入れているんです。何か、殺した後、世間に知らせたいことがあるから、このメッセージを残したんだと、思うんですよ。ですから、これはただの殺しではなくて、犯人は、殺すことが、彼にとっての正義だとでも、思っているんじゃないでしょうか？　だからこそ、メッセージを残している。私には、どうしても、そんな気がして、仕方がないんです」

と、十津川は、いった。

「同一犯ということは、つまり、被害者のほうにも、何か、共通点があるということじゃないのか？」

三上が、きいた。

「その通りです。何か共通点があるはずだと、私も、思っています」

「しかし、今のところ、共通点らしきものは、まったく見つかっていないんだろう？」

「確かにそうですが、しかし、どこかに必ず、共通点があるはずです。そうでなければおかしいと、私は、思っています。なんとしてでも、それを、見つけ出してみせます。それが見つかれば、自然と、犯人もわかってくると、思われます」

十津川は、あくまでも、強気な口調で、いった。

「大阪府警のほうも、君と同じ意見なのかね？」

「同じ意見です。だからこそ、向こうは、合同捜査を希望しているんです。そこで、向こうでも、殺された堀増二郎というホームレスと、東京で殺された岡本義之という名誉教授との共通点を、探すことになっています」

と、十津川は、いった。

6

黒板には、東京で殺された岡本義之と、大阪で殺された堀増二郎の写真が、二枚並べて、ピンでとめてある。

十津川は、じっと、二人の写真を見てから、刑事たちに、

「この二人の共通点を、なんとかして、見つけ出せ。見つからなければ、この捜査

は、壁にぶつかってしまう。そのつもりで、やってほしい」

と、発破《はっぱ》をかけた。

「年齢は近いですね。岡本義之は六十歳、大阪の堀増二郎は五十九歳。しかし、年齢が同じくらいだといっても、こんなものは、共通点にはなりませんね」

西本刑事が、自分でいって、自分で、否定した。

「郷里が同じなんじゃないのか？　堀増二郎のほうは、名古屋だが、岡本義之のほうは、どこの生まれだ？」

と、十津川が、きいた。

「岡本義之は、神奈川県の生まれですよ。そして、死んだ時も、神奈川県の大磯に、自宅がありました」

日下が、手帳を見て、答える。

「旅行先じゃないでしょうか？」

と、いったのは、亀井刑事だった。

「大阪の堀増二郎は、名古屋で、ラーメン屋をやっていて失敗し、大阪に出て、ホームレスになったわけでしょう？　このままでは、二人には、なんの共通点もありませんが、たとえば、岡本義之が、何年か前に、講演か何かで、名古屋に行ったことがあるとすると、その時に、堀増二郎のやっていたラーメン屋で、ラーメンを食べた。そう考えると、二人はそこで、会っていたということになってきますが」

「なるほどね。二人が動けば、偶然でも、二人が会った可能性が、あるわけだ。その辺りから、入ってみようか？」

十津川も、いった。

刑事たちは、岡本義之が、旅行が好きだったか、あるいは仕事で、名古屋方面、もしくは大阪方面に、旅行に行ったことがないかどうかを重点的に、調べ始めた。

岡本義之は、仏教の研究のため、遠く中国、インドにも、行っている。そう考えると、当然のことながら、関西にも、行っているのではないのか？

たとえば、京都である。

京都には、西本願寺があり、東本願寺がある。当然、仏教の研究をするためには、京都に行っているだろう。その帰りに、大阪か、あるいは、名古屋に寄った可能性も、出てくるのではないか。

その点について、刑事たちは、岡本名誉教授の同僚や、岡本が、今度『日本仏教の変遷』を書いた出版社の人間、あるいは、友人たちに会って、そうしたことが過去にあったかどうかを、きいて回った。

岡本義之の同僚であり、友人でもある井上《いのうえ》という、同じS大学の心理学の教授は、こういった。

「岡本は、京都や奈良に、しばしば行っていましたよ。特に、奈良の明日香《あすか》には、よく行っていたはずです。なんといっても、明日香は、日本に初めて仏教が渡来して、聖徳太子が、仏教を広めたところですからね。それがあるので、明日香に、何回か行っていたのは、知っています。しかし、名古屋には、行っていたかなあ。名古屋には、有名な寺院が少ないいんじゃないかなあ」

と、井上が、いう。

もう一人、現在、名古屋大学の名誉教授であり、岡本義之と同じように、仏教の研究をしている大曾根《おおそね》という教授は、電話で、こう答えてくれた。

「岡本君は、僕に会いに、何度か、名古屋に来たことがありますよ。僕のほうが、東京に行って、岡本君に会ったことも、何度かあります。ああ、例の出版記念パーティにも、僕は行っていますよ」

と、大曾根は、いった。

「名古屋に、岡本さんが行った時ですが、名古屋の中区栄《さかえ》にあった、堀というラーメン屋に、ラーメンを食べに行ったことは、ありませんか？」

と、十津川が、きいた。

「いや、行ったことは、ありませんね。岡本君は、ラーメンが、あまり好きじゃないんですよ。だから、僕も、誘わなかった」

大曾根が、はっきりと、いった。

いくら調べても、いっこうに、岡本義之と堀増二郎との共通点は、見つからない。東京の捜査本部には、もう一つ、調べなければならないことがあった。

現場であるホテルで、ワインで、乾杯をしていたと思われる女性のことである。その女性が、まだ、見つかっていないのだ。

おそらく、岡本名誉教授が、殺されてしまったので、その女性は、名乗り出るのが、怖《こわ》いのだろう。

しかし、匿名《とくめい》の電話で、自分は殺してはいないと、いってきた女性がいる。あれは間違いなく、問題の女性だと、十津川は、見ていた。

あれから、二度と電話をしてこない。

わかっているのは、テープに録音した女の声と、三十代の女だという、東京駅の駅員の証言だけだった。

「この問題の女性が、名古屋の女性ということは、考えられませんか？」

と、亀井が、いった。

「実は、私も、カメさんと、同じことを考えていたんだ。しかし、これは、まったくの想像でね。なんの証拠もないんだ」

十津川は、苦笑しながら、いった。

「確かに、勝手な想像ですが、あり得ないことでは、ありませんよ。あの女性は、東京駅から、電話をかけてきたんです。電話をかけた後、新幹線で、名古屋に帰ったのかもしれないし、名古屋から来て、東京駅から捜査本部に、電話をかけてきたのかもしれません。ですから、名古屋の女性だという可能性は、まったくないというわけではないんです」

亀井は、こだわった。

「しかし、名古屋の女性といったってね。名古屋の人口は、二百万以上はあるだろう。その中の女性の一人だとしても、その女性が、大阪で殺された堀増二郎と、知り合いだった可能性となれば、もっと、小さなものになってしまうんじゃないかね」

十津川は、冷静な口調で、いった。

それに、問題の女性は、岡本義之を殺した犯人とは、考えられない。

十津川は、そう考えているのだった。

とすれば、この女性が名古屋の女性だったとしても、事件に関係してくる可能性は少ないと、思わざるを得なかった。

共通点が見つからないままに、また一週間が過ぎた。

四月二十九日、ゴールデンウィークの始まりである。その四月二十九日の朝、京都で第三の事件が、起きた。

四月二十九日の朝、大沢《おおさわ》の池の畔《ほとり》で、犬の散歩をしていた老人が、中年の女性の死体を、発見したのである。

大沢の池を取り囲む遊歩道は、近くの大学の駅伝のグループが、タイムを取り合って、走っていたりする。その遊歩道から少し離れた場所に、女性の死体は、仰向けに倒れていた。

無地の着物姿で、仰向けに倒れ、胸元から、血が流れていた。もちろん、その時には、すでに血は、固まっていたが、発見した老人は、すぐに、

（殺されている）

と、思い、一一九番する代わりに、一一〇番した。

すぐパトカーが駆けつけ、鑑識と、京都府警の捜査一課から、矢吹《やぶき》警部と、部下の刑事たちが、現場に来た。

胸を数ヵ所刺されており、すでに、死後硬直が始まっていた。年齢は三十五、六歳。なかなかの美人だった。

近くには、和風のハンドバッグが落ちていて、それを調べると、被害者の運転免許証と名刺が出てきた。

免許証によれば、被害者の名前は、寺島美弥子《てらしまみやこ》、年齢三十五歳。名刺入れには、同じ名刺が十二、三枚入っていた。その名刺には、「石塀小路《いしべ》 クラブてらしま」と書かれてあった。どうやら、石塀小路のクラブのママらしい。

それともう一つ、矢吹警部の目にとまったのは、死体の胸元にはさんであった、一枚の白い紙だった。二つに折られている。

それを取り上げて広げると、そこには、筆で「第三番」と書かれてあった。

「どこかで、見たような文字だな」

矢吹が、いうと、刑事の一人が、

「東京と大阪で、続けて起きた殺人事件の犯人のメッセージですよ。東京が『第一番』で、大阪が『第二番』、そして今、この京都で『第三番』というメッセージが、見つかったんです」

と、いった。

しかし、その時にはまだ、矢吹は、東京や大阪の事件と、この事件が、繋がっているとは考えなかった。

確かに、「第三番」という文字は、東京と大阪の事件を連想させるが、便乗する犯人だって、あり得ないことではない。動機を隠そうとして、この三十五歳のクラブのママを、殺した犯人が、こんなメッセージを、残したのかもしれないし、共通の犯人という隠れ蓑《みの》を使っているのかもしれない。

だからまず、矢吹は、寺島美弥子という被害者について、冷静に調べてみることにした。

矢吹は、刑事一人を連れて、祇園《ぎおん》の石塀小路にある「てらしま」というクラブを探してみた。

石塀小路は、京都の名所の一つで、そこを散策して楽しむ観光客も多い。静かな一角で、旅館や飲食店やクラブなどがあるのだが、どの店も、表は、地味にしているので、ネオンサインも、ついていない。石塀小路という小さな一角に、そのまま溶け込んでいるような店が多かった。

「てらしま」というクラブも、その中の一軒だった。表は、普通のしもた屋と同じで、ほとんど、目立たない。ただ小さく、入り口のところに「クラブてらしま」と書かれた表札が、かかっているだけだった。

日が暮れてから訪ねると、店の中には灯りがついていて、中に入っていくと、二十歳くらいの若い女が一人、カウンターの向こうに立っている。

矢吹が、寺島美弥子が死んだことを、告げると、まだ知らなかったらしく、ビックリした顔で、

「ママが、殺されたんですか？」

と、大きな声を出した。

その若い女は、上野《うえの》亜希《あき》という名前で、ママの寺島美弥子と二人だけで、この店をやっているという。

「いつももう、ママは、来ていないといけない時間なのに、今日はずいぶん遅いなあと思って、心配していたんですよ」

と、亜希は、いった。

「ママのことを、ききたいんだけど、どんな女性なのかな？」

と、矢吹が、きいた。

「ママは、昔、先斗町《ぽんとちょう》で、舞妓《まいこ》を、やっていたんですよ。それから、芸妓《げいこ》になって、その後、ここで、クラブをやるようになったんです。ですから、知り合いが、たくさ

んいて、いつも、いろいろなお客さんが、よくいらっしゃるんですよ」

亜希は、自慢そうにいった。

「最近、ママの寺島美弥子さんが、何か脅迫されていたようなことは、なかったかな？　たとえば、誰かとケンカをして、それがこじれて、脅されていたというようなことなんだけどね」

「そんなこと、全然知りません。ママは、気が強くて、確かに、よく、ほかのクラブのママと、ケンカなんかをしていましたけど、でも、ママを殺したいほど憎んでいた人なんて、いないと思います。気が強いけれども、根は優しいんです。それに、怒ってもすぐ、仲直りをするような人でしたから」

と、亜希は、いった。

「この店に、東京の偉い大学の先生が、飲みに来たことはないかな？」

矢吹が、きいた。

「ええ、ウチには、京都の大学の先生が、よく飲みに来るんですよ。そんな時、一緒に、東京の大学の先生を連れてきたことも、ありましたよ」

亜希が、いった。

「その中に、岡本義之という、東京の大学の先生は、いなかったかな？」

と、矢吹がきいた。

亜希は、首を傾げてしまった。

「ママは、そんなお客さんの名前も知っていると、思いますけど、私は知らないんです。ママはよく、お客さんから、名刺をもらっていましたから、その名刺の中に、今、刑事さんがおっしゃった先生が、いるかもしれませんよ」

寺島美弥子は、この店の裏に、一人で、住んでいたという。

矢吹たちは、その住居のほうにも、入ってみた。

和風の、女の匂いのする部屋だった。そこで、矢吹は、名刺の束を、見つけた。どうやらそれが、「クラブてらしま」に来たお客からもらった、名刺らしい。

その名刺の束を、矢吹は、部下の刑事と一緒に調べてみた。二百枚近い名刺である。

しかし、いくら調べても、その中に、東京S大学の岡本義之名誉教授の名刺は、見つからなかった。

第三章　京都・第三番

1

矢吹警部は、殺された寺島美弥子について、初めから、考え直してみることにした。

寺島美弥子は、三十五歳と、若くして死んだのだが、彼女の経歴を見てみると、十六歳で、舞妓として店に出ている。つまり、その時から彼女は、大人の世界に入って、生きてきたのである。

その後、二十歳で自前の芸妓になった。芸妓生活十年。その後、自分の店を持ち、小さな店のママになった。そのことを考えてみる。

三十五歳と、年齢的には、若いことは若かったが、しかし、十六歳で舞妓になったことを考えれば、十九年間、大人の世界で、生きてきたのである。

しかも、普通の生き方ではない。酒飲みや、あるいは、客の中には、さまざまな人間が、いたはずである。そうした大人たちを相手に、生きてきたのである。

それを考えると、普通の三十五歳の女性よりは、はるかに、さまざまな境遇を、味わってきたことになる。

もっとはっきりといえば、海千山千の女性なのだ。

普通の三十五歳の女性よりも、たくさんの冒険をしただろうし、また、いろいろと、危ない目にも遭《あ》ったはずである。さらに、同じように、憎まれた経験も、あるのではないか。

そう考えての、矢吹警部の捜査のやり直しだった。

矢吹は、参考のために、被害者の寺島美弥子と、同じような経歴を持つ原田《はらだ》絹子《きぬこ》という女性に、会ってみることにした。

この原田絹子という女性も、被害者と同じような舞妓上がりで、バーのママをやっている。今年三十八歳だから、被害者の三年先輩になる。

矢吹は、一人で、原田絹子のやっているバーに、出かけていった。

祇園でも石塀小路とは、八坂《やさか》通りをはさんで、反対側にある、雑居ビルの中のバーである。時間が早いこともあってか、幸い、まだ客の姿はなかった。

矢吹は、カウンターのいちばん端に、腰を下ろし、ビールを注文してから、カウンターの向こうにいる原田絹子に、警察手帳を見せた。

「殺された寺島美弥子さんのことを、ききたくてね。正直に、なんでも隠さずに話してほしいんだ。いいことも、悪いこともね」

と、矢吹は、いった。

原田絹子は、着物の胸元に、手をやってから、

「美弥子ちゃんとは、同じ置屋《おきや》にいた舞妓同士だから、彼女のことなら、もちろん、いろいろと知っていますけどね。はたして、それを全部、警部さんに、話してしまってもいいものかどうか」

と、思わせぶりなことを、いった。

「今もいったように、彼女のすべてを、知りたくてね。彼女がやっていたクラブで働いていた、ホステスさんにも、きいたんだが、やっぱり、自分が使われていたものだから、どうしても、いいことしか、いわないんだ。それでは、なぜ、彼女が殺されたのかが、わからなくてね。それで、ここに来たんだけど、確か、あなたは、三年先輩の舞妓上がり、といったら悪いのかな。同じように、舞妓をやって芸妓をやって、

今、この店のママを、やっているわけだ。それに同じ置屋だったというから、たぶん、彼女のことを、よく知っているんじゃないかなあ。それを全部、話してほしいんだよ」

と、矢吹は、いった。

「すべて話すとなると、長い時間になってしまいますよ。なにしろ、美弥子ちゃんは、いろいろとあった人だから」

絹子はまた、思わせぶりないい方をした。

「それじゃあ、舞妓の時のことから、話してもらいたいな。君も彼女も、十六歳で、舞妓になったわけだろう？」

「ええ、彼女とは、中学から、同じように祇園の中学校」

「ああ、その中学校なら、知っているよ。舞妓さんになる人なら、みんな行くという、学校だろう？」

「ええ、そうですよ。そこを出て、十六歳で、私も舞妓になったし、彼女も舞妓になったんです」

「彼女は、どんな舞妓だったんだろう？」

「そうねえ、とにかく、気が強かったですね。なんといっても、それが第一の記憶」

「気が強いってことは、お座敷に出ていて、どんなところに現れていたんだろう？」

「ある時、私と一緒に、同じお座敷に出たことがあったんですよ。私は、その時は舞妓の四年目で、もうじき、襟換《えりが》えをして、芸妓になろうかという時でした。美弥子ちゃんのほうは、舞妓になったばかりだったけど、可愛くて、人気がありましたよ。お座敷には、いろいろと、タブーみたいなものがあって、たとえば、お客さんは、舞妓の頭に、手をやっちゃいけないんです。芸妓はカツラだけど、舞妓は地毛《じげ》だから、髪が崩れると、本当に困ってしまうんですよ。それでもね、酔っ払ったお客さんが、ふざけて、美弥子ちゃんの髪に、手をやって、いじったんですね。そんな時、私なら、まあ、仕方がないから、我慢するんですけど、彼女は、違うんです。その時、彼女、ピシャンと、お客さんのほっぺたを叩《たた》いちゃったんですよ。一瞬、みんな、ビックリしちゃいましたけど、彼女は、まったく平気な顔でしたよ。お客さんのほうは、東京から来た、大会社の専務さんだったんですけど、なんとか取りなして、ケンカにはなりませんでした。私は、その時、このコは、ずいぶん気の強いコだなあと、感心したことを、今でもよく覚えていますよ」

と、絹子は、いった。

「彼女、舞妓から芸妓になったんだけど、そのとき、旦那は、つかなかったの？」

「ええ、昔だったら、旦那がついたと思うんですけど、彼女が芸妓になった頃は、不景気だったから、なかなか、旦那はつかなかったんです。それで、自前になったんですけど、普通、自前の芸妓というと、苦労するんですよ。なんでもかんでも、自分でやらなくてはならないですから。でも、彼女は、うまくやっていましたね」

「うまくやっていたというのは、どういうことなんだろう？」

「彼女、色が白くて、美人だし、それに、口がうまいから、旦那は、つきませんでしたけど、スポンサーは、何人も摑《つか》んでいて、そのスポンサーを、うまく操って、お金を出させていたみたいですよ。だから、イヤな噂《うわさ》もききましたよ」

「イヤなというのは？」

「彼女に入れあげて、酷《ひど》い目に遭ったというお客さんの話」

「なるほどね。つまり、彼女は、やり手だったんだ」

「ええ、やり手ですよ。とにかく、口がうまかった。それに、気が強かったから、いざとなったら、平気で、裾《すそ》を捲《まく》ってしまうというのかしら。女が、強気で向かっていったら、男の人って、弱いから、たいてい、彼女に負けていましたね」

絹子が、笑った。

「すると、彼女は、うまく立ち回って、儲《もう》けていたと思うんだが、彼女がやっていた石塀小路の店というのは、案外小さなものだったなあ。どうして、大きな店を、持たなかったんだろう？」

と、矢吹が、きいた。

「それがですね、こんなことは、あまりいいたくはないんですけど、彼女、ちょっと、失敗したことがあるんですよ。最近の話ですけど」

絹子は、ちょっと、声をひそめるようにして、いった。

「どんな失敗？」

「去年だったかしら、彼女、大阪の中小企業の社長さんを、うまく捕まえたわけですよ。なかなか羽振りのいい社長さんで、京都にも進出するみたいな話をしていたんですけど、彼女が、結果的に、その社長さんを騙《だま》したんですよ」

「騙したって、どんなふうに？」

「一種の手形詐欺とでも、いったらいいのかしら。確か、一億円か、一億五千万円かの、手形の裏書きを、彼女が、その社長に、させたんですよ。色仕掛けで頼み込んでね。その中小企業の社長さんだけど、羽振りがいいものだから、ついうっかり、その手形の裏書きを、してしまったんですよ。そうしたら、彼女、その手形を自分の知っているヤクザ屋さんに、渡しちゃったんですね。確か、何百万円かで、売っちゃったみたいですよ。そうなると当然、そのヤクザ屋さんは、裏書きをした中小企業の社長さんのところに、その手形を、持っていって、現金にしてくれって、いいますよね。社長さんのほうは、ビックリしちゃったけれども、自分が、裏書きしたものだから、もうどうにもならなくなって、一時は美弥子ちゃんを、訴えようとしたんですけど、自分にも、弱みがあるものだから、訴えられなかったんです。でも、そんなことがあったから、噂になっちゃって、彼女は怖い、しかも、彼女のバックには、怖い人がついているという評判が、立っちゃって、彼女のお店に、お客さんが、来なくなっちゃったんですよ。彼女、何百万円かを濡れ手に粟《あわ》で儲けたことは儲けたんですけど、その代わり、結局、お店のほうは駄目になっちゃって、結局、借金を作って、とうとう祇園から逃げていったことがあるんですよ」

と、絹子は、いった。

「その後で、石塀小路に、店を持ったということか？」

「ええ、去年ですよ。急に祇園に帰ってきて、あそこに、お店を持ったんです。だからきっと、どこかで、まとまったお金を手に入れたんじゃないのかしら」

「祇園からいなくなった期間は、どのくらいなの？」

「どのくらいだったかしら、半年ぐらいだったかな。確か、そのくらいだったと思いますよ」

「どこかで、金を儲けてきて、石塀小路に、店を持った。どうやって、金を儲けたのか。そのことについて、彼女に、きいたことがあるかい？」

矢吹が、いった。

「いいえ、それはありませんよ。そういうことを、いちいちきくのは、うちらの世界ではタブーですからねえ」

「しかし、どんなことをしていたのか、想像ぐらいは、つくんじゃないの？」

矢吹は、カマをかけてみた。

すると、絹子は、小さく笑って、

「もちろん、自分で働いて、コツコツ貯めたわけじゃないでしょうからね。きっと、どこかの、同じような中小企業か、あるいは、大会社かは、わからないけれども、社長さんか、重役さんを騙して、金を出させたんだと、思うけど、詳しいことはわかりません。いずれにしても、あの美弥子ちゃんのことだから、男を騙して、うまくやったとしか、私には思えないわね」

「なるほどね。一度は、失敗したが、自分の魅力で金を稼いで、また祇園に、戻ってきた。そういうわけだ」

「ええ、そういうことですね。彼女は、まだ三十五歳ですけど、したたかな人だから、普通の男では、太刀打《たちう》ちできないと、思いますよ」

「君だって、同じようなもんじゃないのか？　彼女と同じように、舞妓から芸妓になり、芸妓から、店を持って、ママになったんだからね」

矢吹は、笑いながら、いった。

絹子のほうも、ニヤッと笑って、

「そうですねえ。彼女が、時々いっていたことがありましたよ。京都の男はケチだけど、東京や大阪の男なら、京言葉で、柔らかく迫っていったら、イチコロだって。京言葉に、ほかの土地の男は弱いから、簡単に騙せる。彼女が、そんなふうに、いっていたことがありましたね」

「君でも、同じように思うかね？」

「ええ、私だって、今は標準語で、話していますけど、男に甘えたい時は、京言葉を使いますよ。京言葉を使って、着物を着て、迫っていけば、だいたい、こちらの勝ちですよ」

と、いってから、急に、京言葉になって、

「うちら、ほんとに弱い女ですさかい、大切にしておくれやす」

2

捜査本部に帰ると、矢吹警部は、部下の刑事たちに、今日きいてきた話を、伝えた。

「問題は、彼女が、失敗をして、祇園から姿を消した後、どこで、何をしていたか。それが今度の事件に、何か、関係があるような気がして仕方がない」

と、矢吹は、いった。

「つまり、その時に、騙された男が怒って、京都にやってきて、彼女を、大沢の池まで呼び出して、殺したというわけですか？」

刑事の一人が、きいた。

「その可能性が、非常に強いと、今日、私は、同じような舞妓上がりのクラブのママの話を、きいていて、思ったんだ。つまり、舞妓上がりのクラブのママというのは、普通のクラブのママとは違って、とにかく十六歳から、大人の男と、つき合っているんだからね。それに、京言葉を使って、甘えることもできる。私のような京都の人間は、そうでもないが、東京や大阪の男は、着物姿で、京言葉を使って迫られると、弱いらしい。おそらく、被害者も、祇園から姿を消した後、どこかで、金持ちの男を騙して金を出させ、それを持って石塀小路に、クラブを開いたんだと思う。彼女に騙された男が、追いかけてきて、彼女を殺した可能性は大いにあると、思うんだ」

「問題は、それを、裏付けるだけの証拠ですね。ただ漠然《ばくぜん》と、海千山千の被害者が、男を騙したといっても、騙した男が見つからなければ、事件は、解決しないと思いますね。しかし、どうやったら、その男を見つけられるのでしょうか？」

「だから、彼女が去年、祇園から姿を消した頃に、いったい、どこに行っていたのか。まず、それを、調べてほしい。その後で、たとえば、東京に行っていたのなら、東京で、どんなことをしていたのか。それを知りたいんだ」

と、矢吹は、いった。

翌日から、被害者の写真を持って、聞き込みに回った。

刑事の一人は、区役所に行って、被害者、寺島美弥子の住民票を調べてみた。去年の春頃、祇園から、どこかに転出していれば、行き先がわかると、思ったからである。

しかし、住民票には、転出したという記載はなかった。

東京に出ていたとしても、住民票は、京都のままにしていたのである。

別の刑事は、被害者が、舞妓をやっていた頃の置屋の女将《おかみ》さんに会ったり、舞妓、芸妓を通じて、彼女がお座敷に上がった、お茶屋の女将さんにも、話をきいた。

置屋の女将さんは、こんなふうに、被害者のことを話した。

「あのコは美人でね。ハキハキしていたから、きっと、いい舞妓になるなあと、思っていたんだけど、唯一の欠点は、とにかく、気が強いこと。気に入らないと、お座敷を、ほったらかしにしたり、ある時なんかは、お客が自分の髪に触ったといって、ひっぱたいたりしてね。それでとうとう、襟換えの時に、旦那がつかなかったのよ。あのコが大人しくて、男に尽くす性格だったら、きっと、いい旦那がついたと思うんですけどねえ」

お茶屋の女将さんは、こんなふうに、いった。

「舞妓の時は、気が強すぎて、いろいろとあったけど、自前の芸妓になってからは、そうした気性を、自分で抑えていたらしくて、うまくやっていましたよ。それはよかったんだけど、男なんて、簡単に騙せる、そんな気になってしまったのか、時々、お客をからかうようなことをしてね。手形の一件は、もう知っていらっしゃるみたいだけど、あれなんか、お客を甘く見た、なによりの証拠ね。あれで、京都の芸妓は怖いっていう評判が、立っちゃったりしてね。困ったもんでしたよ。それで、あのコも一時、祇園から、姿を消していたんだけど、最近になって、帰ってきて、今度は石塀小路でお店を持った。それで、ホッとしていたんだけど、こんなことになってしまって、驚いているんですよ」

「彼女ですが、祇園から、姿を消してから、どこに行っていたか、ご存じありませんか？」

と、刑事が、きいた。

「逆に、私も知りたいんだけど、それについてきいても、あのコ、何もしゃべらなかった」

「なぜ、しゃべらなかったんでしょうかね？」

「それはわからないけど、何かきっと、いわくが、あるんじゃないかしら」

「いわくっていうと、どんなことでしょうか？」

「つまりね、金持ちの男を騙して、お金を手に入れて、それで、石塀小路にお店を持ったとかね。そういうこと」

お茶屋の女将さんが、いった。

3

京都で起きた殺人事件のことは、もちろん、東京の捜査本部でも、問題になっていた。

二人目の犠牲者が、大阪で出たと思っていたら、三人目は、京都である。もちろんまだ、京都の事件が連続した事件とは、断定はできない。模倣《もほう》殺人かもしれないからである。

それでも、十津川は、京都府警に依頼して、京都の事件について、現在までに、わかっていることを、知らせてもらうことにした。

十津川たちは、京都府警から送られてきたファックスに、目を通した。

「最初が大学の名誉教授で、次がホームレス、そして今度は、京都祇園の舞妓上がりのクラブのママですか。ずいぶんと、変化がありますね」

亀井が、感心したような声で、いった。

「大学教授と、ホームレスじゃあ、繋がりがまったくないように見えますが、大学教授と京都祇園のクラブのママさんならば、ホームレスよりは、少しは、繋がりがあるんじゃありませんか？」

西本刑事が、いった。

確かに、西本のいう通りだと、十津川も、思った。

東京で殺された岡本名誉教授は、旅行が好きだった。当然、これまでに、京都にも何度となく行っていたはずである。その時、京都で殺された寺島美弥子というクラブのママと、接点があったかもしれない。

だが、京都府警から送られてきたファックスでは、殺された寺島美弥子の持っていた名刺を調べたが、その中に、岡本義之という名前はなかったという。

もちろん、だからといって、二人の間に、なんの接点もなかったと、断定することはできないだろう。

岡本名誉教授が、京都に行って、仕事以外で、ブラブラと、京都見物をしている時に、偶然、寺島美弥子に、会ったかもしれないからである。特に、彼女の店は、石塀小路にあったという。石塀小路といえば、京都の名所の一つである。当然、岡本義之が京都に行ったとき、石塀小路を、歩いたのではないか？

そこで、偶然、寺島美弥子と会った。そんな可能性もあるのだ。

「寺島美弥子と、ホームレスの堀増二郎は、どうでしょうかね？　何か、接点があるでしょうか？」

亀井が、きく。

「一見すると、この二人の間には、接点なんか、ありそうもないがね。しかし、彼女のほうは、十六歳で舞妓になってから、殺されるまで、大人の世界で生きているんだ。だから、その間に、たとえば、名古屋に遊びに行っていれば、堀増二郎のやっていたラーメン屋に、行ったことがあるかもしれない。だから、可能性としては、ゼロじゃないよ」

と、十津川は、いった。

確かに、その可能性はあるが、しかし、その機会は、ほとんどゼロに近いと、十津川は、思っていた。

たとえば、十六歳で舞妓になって、二十歳で芸妓になる。その間の四年間、舞妓は、勝手に旅行などには行けないだろう。自前の芸妓になってからは、東京でも、名古屋でも、行くことはできたはずである。

しかし、名古屋に遊びに行って、たまたま、堀増二郎のラーメン屋に、ラーメンを食べに行った。その可能性は、ほとんどないに等しいだろう。

岡本名誉教授のほうは、ラーメンがあまり好きではなかったから、名古屋に行った時でも、堀増二郎のラーメン屋に寄った可能性は、ゼロなのだ。

京都で第三の事件があった二日後、京都府警の矢吹警部が、東京の捜査本部を訪ねてきた。彼はまず、被害者の着物の懐《ふところ》に入っていた例の紙片を、十津川に見せた。

二つ折りになっていて、「第三番」と墨で書かれた紙である。

見た途端に、十津川は、前の二枚の筆跡と同じだと、直感した。

「間違いありませんね。同じ人間の筆跡ですよ」

十津川は、確信を持って、いった。

「ということは、つまり、京都の場合も、犯人が残していったメッセージということになりますね」

「そう考えて、まず、間違いないと思います」

「とすると、同一犯の犯行と、誰もが思いますが、しかし、今までのところ、殺された三人の共通点は、見つかっていません」

矢吹が、首をかしげた。

「その通りです。こちらでも、一生懸命に調べているんですが、この三人の共通点は、まだ、見つかっていません」

と、十津川も、肯いた。

矢吹は、京都で殺された寺島美弥子の写真を、三枚、十津川に見せた。

一枚は舞妓の時の写真、二枚目は芸妓になった時の写真、そして、三枚目は石塀小路の店の前で撮《と》った写真である。

矢吹は、その三枚の写真を、十津川に見せてから、

「われわれが調べた限りでは、舞妓の時に、二回ほど、東京に行っているんですよ。お茶屋の話では、東京の、あるデパートのパーティに呼ばれましてね。女将さん一人に、舞妓二人が、組になって上京して、パーティの席上で、祇園小唄を踊ったそうです。ですから、舞妓の時に、二回は、東京に行っているんですよ。それから、芸妓になってからですが、客と二人で、東京に、遊びに行ったことがあるらしいんです。ですから、東京と京都は離れていますが、何回か、被害者は、東京に行っています。ひょっとすると、その時に、東京で、岡本名誉教授と、接点があったかもしれませんね」

と、いった。

「そうですね。この写真をお預かりして、もう一度、接点がなかったかどうか、調べてみます」

と、十津川は、約束した。

矢吹警部が京都に帰った後、十津川は、刑事たちを督励《とくれい》して、写真三枚を持たせて、聞き込みに回らせた。

刑事たちは、岡本名誉教授の友人や知人を訪ねて、三枚の写真を見せ、どこかで、岡本教授と一緒の時、この女性を、見かけなかったかどうかを、きいて回った。

しかし、彼女を見たという答えは、いっこうに返って来なかった。

いつの間にか、ゴールデンウィークが過ぎてしまった。

五月十一日、大阪府警の松崎警部から、十津川に、電話がかかった。

「これは、事件とは、直接関係がないかもしれませんが、こちらで殺された堀増二郎が、小さなボストンバッグの中に、運転免許証と一緒に入れていた携帯電話があるんですよ。もちろんもう、電池がなくて、使えないんですが、それに、わりと古い型でしてね。その携帯電話の持ち主を、探していたら、やっとわかりました」

「その持ち主というのは、殺された堀増二郎と、知り合いですか？」

と、十津川が、きいた。

「いや、まったくの他人です。それがですね、携帯電話の電話番号から、わかったんですが、大阪の人間ではないんです。持ち主が、四国の人間であるということが、わかったんです。四国の愛媛県の人間で、名前は荒木《あらき》健一《けんいち》、四十歳。この人の携帯電話であることが、わかりました」

「四国の人の携帯電話を、どうして、大阪で殺された堀増二郎が、持っていたんでしょうか？」

「たぶん、盗んだのではないかと、思いますね。彼には、盗癖があったみたいですし、それに、ほとんど金を持っていませんでしたから、盗んだか、あるいは、どこかに落ちていたのを拾ってきたか、そのどちらかだろうと、思うんです。とても、自分で金を出して、買ったものだとは、思えませんから」

「その四国の愛媛の人には、連絡を取ってみたんですか？」

と、十津川が、きいた。

「電話をかけてみました。しかし、持ち主の荒木という人は、去年、亡くなっていました」

と、松崎が、いった。

「去年、死んでいるんですか？」

「ええ、そうなんです。自殺したということでした」

「自殺ですか？」

十津川は、少しばかり驚いた。

「そうなんですよ。電話できいたところ、この荒木健一という人の親戚だという人が、電話に、出てくれましてね。一年前に自殺した。そう教えてくれたんです。携帯電話のことをききました。そうしたら、確かに、その電話番号の携帯は、荒木健一の持ち物だが、いつの間にか、なくなっていた。そういっているんです」

「そこのところが、よくわからないのですが、荒木健一という人が、大阪へ遊びに来たかどうかして、大阪で、堀増二郎に、携帯電話を盗まれたんでしょうか？　それとも、大阪に来ていて、どこかに、忘れてしまって、それを堀増二郎が、拾ったということなんでしょうかね？」

十津川が、細かく、きいた。

「その辺のところは、まだ、まったくわかっていません。四国から大阪までは、すぐですからね。それに、この荒木という人は、愛媛で、土産物店を、やっていたそうですから、時々は仕事で、大阪に、来ていたのかもしれません。大阪で、携帯電話を落としたということは、十分に、考えられるんです。それを堀増二郎が拾って、ずっと持っていた。あり得ないことでは、ありません。そう考えると、この携帯電話のことは、事件とは、あまり関係がないのかもしれません。そう思ったのですが、一応、お知らせだけはしておこうと思いましてね」

と、松崎が、いった。

4

十津川は、黒板に、念のため、荒木健一と書いた。

「荒木健一、四十歳。一年前に自殺している。愛媛で土産物店を経営」

と、十津川は、続けて、黒板に書いていった。

はたして、この男が、今回の一連の事件に関係しているのだろうか？

しかし、一年前に自殺しているのだから、今回の事件の犯人ということは、あり得ない。

「自殺した人間か」

と、十津川は、つぶやいた。

「この男が、今回の事件に、関係があるのですか？」

と、亀井が、きいた。

「今のところ、直接の関係があるかどうかは、わからないんだ。教えてくれた大阪府警の松崎警部も、関係は薄そうだと、いっていたからね」

「一年前に自殺しているのなら、事件とは関係ないでしょうね。犯人には、なり得ないわけですから」

と、亀井も、いった。

「そうなんだよ。それに、この荒木健一の携帯電話を持っていたのが、ホームレスの人間だからね。いちばん考えられるのは、どこかで拾ったんじゃないかということだ。たとえば、愛媛に住んでいる荒木健一が、たまたま、大阪に出てきたというのは、十分に考えられるんだ。四国から、いちばん近い大都会といえば、大阪だからね。それに、この荒木健一は、土産物店をやっていたということだから、取引関係か何かで、大阪に出てきたということは、十分に考えられるんだ。その時、携帯電話を、落としてしまった。それを、ホームレスの堀増二郎が拾って、ボストンバッグに、しまっておいた。いちばん考えられるのは、このケースだろうね。このケースだとすると、この携帯電話が、事件に関係したものだということは、あり得ないんだ。荒木健一が、大阪で、携帯電話を落としたことも偶然なら、その携帯電話を、ホームレスの堀増二郎が、拾ったということだって、たんなる偶然だからね。それに、携帯電話一つで、殺人事件が起こるとも、思えないしね」

と、十津川は、いった。

「確かに、警部がいわれる通りなんですが、しかし、私には、少しばかり、引っかかりますね」

亀井が、考えながら、いった。

「カメさんには、いったい、どこが、引っかかるんだ？」

「大阪で殺された堀増二郎の行動ですよ。彼は、その携帯電話を、後生大事に、ボストンバッグの中に、運転免許証と一緒に入れて、持ち歩いていたわけでしょう？　しかし、発見された時は、電池が切れてしまっていて、使えなかった。では、堀増二郎は、その携帯電話を、いったい、何に、使っていたんでしょうか？　私には、そこが、よくわからないんですよ。もし、電池が切れたままで、使えないのならば、そんなものを、どうして、ボストンバッグに入れて持ち歩いていたのか。どうしても、そこがわかりません」

と、亀井が、いった。

「その点は、確かに、カメさんのいう通りなんだ。運転免許証のほうは、自分の身元を証明するために必要だから、期限が切れた運転免許証を、ボストンバッグに入れて持ち歩いていたという理由も、納得できる。しかし、携帯電話のほうは、電池が切れて、使えないものを持っている必要は、まったくないからね。だから、たぶん、電池を入れて、使っていたんじゃないだろうか？」

と、十津川が、いった。

「しかし、堀増二郎という男は、名古屋の生まれで、名古屋から、大阪に流れてきて、そこで、ホームレスをやっていたわけでしょう？　その携帯電話に、電池が入っていて、使えたとしても、いったい、誰に電話をかけたんでしょうか？　別れた奥さんにでも、電話をしたんでしょうか？」

「それはない。奥さんの話では、夫の堀が失踪してから、最初の年こそ、二、三回は、電話がかかってきたそうだが、一年目からは、まったくかかってこなくなったと、いっているんだ」

「そうなると、奥さん以外の人にかけたことになりますが、いったい、誰に、かけたんですかね。ホームレスの中に、知り合いがいてというのも、ちょっと、おかしい話ですね。相手が、必ずしも、携帯電話を持っているとは限らないでしょうから」

亀井が、小さく、肩をすくめてみせた。

その疑問について、大阪府警の松崎警部から、電話が入った時にきくと、松崎は、こう話してくれた。

「問題の携帯電話ですが、通信記録を、調べてもらいました。それによるとですね、愛媛で、携帯を持っていた荒木健一は、一月に何回も、携帯を使っています。その多くが、取引先ですね。しかし、一年前からは、まったく通信記録がありません」

「それは、その携帯電話を、ホームレスの堀増二郎が拾ってからは、まったく使っていなかったということですか？」

「ええ、そう推測せざるを得ないんですよ。堀増二郎が、いつ、その問題の携帯電話を手に入れたのかは、わかりませんが、しかし、少なくとも、この一年間は、まったく使っていませんから、その時はたぶん、堀増二郎が、どこかで拾ったか、あるいは、盗んだかして、携帯電話を、持っていた時期だろうと、思いますね」

と、松崎は、いった。

大阪府警の松崎警部の話によって、ある面でスッキリしたが、しかし、ある面で、かえって、わからなくなってしまった。

松崎の話によれば、問題の携帯電話を、本来の持ち主である愛媛県の荒木健一が持っていた時は、毎月使っていた。それも、取引先との連絡に、使っていたらしい。

しかし、一年前からというのは、つまり、荒木が、自殺した頃から、通信記録が、なくなっているという。

それは、持ち主の荒木健一が、自殺してしまったから、使わなくなってしまったというよりも、大阪で殺された堀増二郎が、その携帯電話を拾ってからと、考えたほうが、よさそうである。

となると、堀というホームレスは、いつ、その携帯電話を拾ったかはわからないが、つまり、手に入れてからずっと、ボストンバッグに後生大事にしまっておきながら、一度も、どこにも、連絡しなかったということになる。

なぜ、一度も使わない携帯電話を、大事にしまっておいたのだろう？

そこが、前よりも、さらに疑問になってしまった。

「堀という男は、携帯電話の使い方を、知らなかったんじゃありませんか？」

と、西本が、きいた。

「いや、それは、あり得ないよ。堀という男は、五年前まで、名古屋で、ラーメン屋をやっていたんだ。その時は、携帯電話を、使っていた。それに、問題の携帯電話だが、カメラのついていない、非常にシンプルな携帯電話なんだよ。だから、堀が使い方を知らなかったということは、あり得ないんだ」

「となるとやはり、使いたくても、電話をかける相手がいなかったんじゃありませんか？」

日下が、きいた。

「確かに、その答えのほうが、納得できるものがあるね。やはりそれでも、疑問は残るよ。かける相手がいなかったんなら、なぜ、その携帯電話を、大事に持っていたんだろう？」

「彼は五年もの間、ホームレスをやっていたんでしょう？　それでも、いつかは、ホームレスの生活から抜け出して、何か、ちゃんとした仕事をやろうと、思っていたんじゃないでしょうか？　その時には、携帯電話が必要になります。それで、使わない携帯電話を、大事に、ボストンバッグに入れていたんじゃないでしょうか？」

北条早苗刑事が、いった。

「確かに、君のいう通りかもしれないな」

と、十津川は、いった。

何年もホームレスをやっていても、いつかは、抜け出して、普通の社会人に戻りたい。そういう希望を持っているホームレスが多いとも、きいている。

堀というホームレスは、社会復帰した時のことを考えて、拾った携帯電話を、大事に持っていた。その可能性は大いに考えられる。十津川は、そう思った。

しかし、それでもまだ、疑問は残る。

社会復帰に備えて、携帯電話を、持っていたのなら、なぜ、充電しておかなかったのだろうか？

いくらホームレスで、金がなかったといっても、アルミ缶を拾って、金に換えた時ぐらい、どこかで充電しておくべきだろう。

なぜ、堀増二郎は、それをしなかったのだろうか？　それとも、何かの記念に、持っていたのか？

三枚の、犯人からのメッセージ。この筆跡が同じだったことから、さらに、合同捜査の中に、京都府警も入ることになった。

しかし、依然として、被害者三人の間には共通点もないし、なんの関連性も、見つからなかった。

しかし、犯人が、無差別に、東京、大阪、京都で、連続して、殺人事件を起こしているとも、思えなかった。だから、メッセージを残しているのだ。

間違いなく、犯人は、東京では、岡本名誉教授を、狙って殺し、大阪では、ホームレスの堀増二郎を、狙って殺し、そして、京都では、祇園の石塀小路で店をやっている、クラブのママを、狙って殺したのだ。

この考えは、十津川も、大阪府警の松崎警部も、そして、京都府警の矢吹警部も、一致していた。

　京都府警の矢吹は、もう一度、石塀小路の店に行き、また、その裏手にある寺島美弥子の住居にも行って、店の中と、家の中を調べてみた。何か、犯人の手がかりになるようなものが、見つかるのではないかと、思ったのである。

　しかし、店でも自宅でも、何かが盗まれているような形跡は、なかった。

　明らかに犯人は、寺島美弥子を殺すためだけに、大沢の池に呼び出して、殺したのである。

　この日も、矢吹は、刑事一人を連れて、石塀小路の店を調べ、裏の自宅を訪ねていったが、自宅のほうで、一つ、妙なものを見つけた。

　玄関の傘立ての中に、一本の杖《つえ》が、見つかったのである。

　いわゆる金剛杖《こんごうづえ》と呼ばれるものだった。六角形の杖で、山の上にある寺を参拝する時に使う杖だった。

「彼女、比叡山《ひえいざん》にでも、お参りをしていたのかな」

　と、矢吹は、部下の刑事に、いった。京都でまず、考えられるのは、比叡山の延暦《えんりゃく》寺《じ》だったからである。あの寺に登るには、時には、杖が必要になるかもしれない、矢吹は、そう思ったのだ。

「そうかもしれませんが、死んだ寺島美弥子が、信仰心が篤《あつ》かったなんて話は、きいていませんよ」

部下の刑事は、首を傾げて、いった。

確かに、その通りだった。

寺島美弥子のことを、何人もの人間にきいている。彼女の店で働いていたホステスにもきいたし、彼女と同じように、舞妓上がりで、今、店を持っているママにも、きいている。

しかし、寺島美弥子が、信仰心が篤かったという話は、誰の口からも、きかれなかったのである。

水商売だから、伏見稲荷にお参りをしたことは、あったらしい。これは、京都の水商売の女性なら、たいていやることで、寺島美弥子が、伏見稲荷に参詣したことが、特別なこととは思えない。

しかし、金剛杖を持って、比叡山にお参りしたとなると、話は、少しばかり違ってくる。比叡山延暦寺に参詣するのは、よほど信仰心の篤い人間と、思わざるを得ないからだ。

もちろん、寺島美弥子が、そんな信仰心の篤い女性であるとは、とても思えない。

しかし、自宅の傘立ての中に、寺参りに必要な金剛杖があったのは、間違いないのである。

そして、金剛杖を使うとすれば、京都では信仰の山に登る時ぐらいしか、考えつかなかった。

矢吹は、笑いながら、

「この金剛杖は、いちばん、被害者に似つかわしくないものだなあ」

と、部下の刑事に向かって、いった。

「誰か、客が置いていったものじゃありませんか？」

と、部下の刑事が、いう。

「たまたま、店か、この自宅のほうに、遊びに来ていた客が、比叡山の帰りか何かで、金剛杖を、持っていて、それを、ここに忘れていった。そういうことか？」

「ええ、それなら、その傘立ての中に、金剛杖が入っていたとしても、おかしくはありませんよ」

と、部下の刑事が、いう。

「それを、調べてみようじゃないか」

と、矢吹が、いい、金剛杖を、鑑識に持っていって、杖についている指紋を、調べてもらった。

その結果、わかったのは、金剛杖には、はっきりとした指紋がついていたが、それは間違いなく寺島美弥子の指紋だということだった。

それでまた、矢吹は、迷ってしまった。部下の刑事がいったように、信心深い人間が客の中にいて、比叡山の帰りか、何かに立ち寄って、金剛杖を、被害者の家に忘れていった。そう考えるのが、いちばん普通の解釈だが、しかし、金剛杖には、被害者本人の指紋しか、ついていないという。

となれば、寺島美弥子が、この金剛杖を使っていたことになる。彼女の金剛杖なのだ。

彼女は、この杖を使って、比叡山に、登ったのだろうか？

矢吹はもう一度、祇園で、同じように店をやっている被害者の先輩、原田絹子に会って、寺島美弥子の信仰心についてきくと、途端に、絹子は、笑い出した。

「おかしいかね？」

と、矢吹が、きくと、

「美弥子ちゃんに、信仰心があったかなんてきかれたら、誰だって、笑っちゃいますよ。そんなこと、絶対に、あり得ないと思います。もちろん、舞妓の時代は、しきたりがありましたから、お正月になると、八坂神社にお参りなんかしていましたけど、お店を持ってからは、八坂神社にも、お参りに行かなくなりましたし、信仰心なんて、なかったと思いますよ。だって、お金だけが頼りみたいなことを、いつだって、いっていた人なんですよ、彼女は。だから、比叡山に行っていたなんてこと、まったく信じられません。いちばんバカげた話ですよ」

絹子は、はっきりと、いった。

念のために、寺島美弥子のことを知っている、ほかの人間たちにもきいてみたが、返ってくる答えは、どれも同じだった。

「寺島美弥子が、金剛杖をついて、比叡山に登っていく姿など、どう考えても、まったく想像できない」

そういって、誰もが、笑うのである。

となると、寺島美弥子の自宅の傘立ての中にあった金剛杖は、いったい、何を意味するのだろうか？

十津川は、また、黒板に、携帯電話に並べて、金剛杖と書いた。

それを見ながら、十津川は、

「こうやって見ると、おかしなものだね。携帯電話を持っているのが、いちばん相応《ふさわ》しくない人間が、携帯電話を持っていて、同じように、金剛杖を持っているのが、いちばん相応しくない人間が、金剛杖を持っているんだ」

「そうですね。確かに、携帯電話を、使うところがない人間が、携帯電話を、後生大事に持っていて、また、信仰心などないクラブのママが、金剛杖を、持っているんですからね。おかしいといえば、おかしいですよ」

亀井が、苦笑した。

「少しずれれば、相応しい人間が、持っていることになる」

十津川が、ふと、いった。

「どんなふうにですか？」

「たとえば、携帯電話だが、それを、京都でクラブをやっていた寺島美弥子が持っていれば、使い道は、いくらでもあるじゃないか。お客にかけたっていいんだし」

と、十津川は、いった。

「金剛杖のほうは、どうですか？　クラブのママには、相応しくありませんが、しかし、だからといって、ホームレスが持っていても、不自然ですよ」

「いや、金剛杖が、相応しいのは、東京で殺された岡本名誉教授だよ。彼は、仏教の研究者で、中国にも行っているし、インドにも行っている。砂漠の中の楼蘭《ろうらん》にも、行っているんだ。そんな時には、金剛杖を持っていっても、おかしくない。だから、金剛杖が相応しいのは、仏教の研究者の岡本名誉教授なんだ」

「確かに、そうですね。岡本名誉教授ならば、金剛杖をついて、中国の寺院や、あるいはインドの寺院、あるいは砂漠の中の町を訪ねていっても、おかしくはないですからね」

と、亀井は、なぞるように、いってから、

「そうですね。一人ずつ、ずれていけばいいんだ。ホームレスの堀増二郎が持っていた携帯電話を、京都で殺されたクラブのママが持っていれば、それに相応しいし、クラブのママの金剛杖は、東京で殺された岡本名誉教授が持っていれば、相応しいんですよ。どうして、ずれたんですかね?」

と、不思議そうな顔をした。

「確かに、カメさんのいう通りだが、しかし、べつの考え方をすれば、相応しい人が持っていないからこそ、今回の一連の事件の謎《なぞ》になってくるんだ。もし、相応しい人が、携帯電話を持っていたり、金剛杖を持っていたりしたら、われわれは、それをべつに、不思議には思わないから、調べもしないだろう。だから、現状が事件に相応しいともいえる。これから、なぜ、ホームレスが、使えない携帯電話を持っていたのか。あるいは、信仰心のないクラブのママが、どうして、金剛杖を持っていたのか。

それについて、調べてみなければならないからね」

十津川が、厳しい顔で、いった。

第四章　共通点

1

警視庁と大阪府警、それに京都府警は、一日一回、定時に情報交換を続けていた。

しかし、依然として、殺人犯の動機が、わからないし、三人の被害者の共通点も、見つからなかった。

この時期、十津川たちは、東京で殺された岡本名誉教授が、当日の夜、ホテルの部屋で、一緒にワインのロゼで乾杯し、二人で密やかに、出版記念を祝っていた女性を、追いかけていた。

その女性が、岡本名誉教授を殺したとは思っていなかったが、何か、事件について知っているはずだと、十津川は確信していた。

また、パーティの時に寄せられた祝電の中にあった、晴子という女性名のものが、ひょっとすると、このワインで、二人だけの祝賀会をやっていた女性と、同一人物ではないか。十津川は、そうも考えていた。

「捜査本部に電話をかけてきた女性がいますが、彼女は、被害者の岡本名誉教授と、二人だけのパーティをしていた女性と同一人物だと、思います。しかし、なぜ、彼女は、名乗ってこないのでしょうかね？　そこが不思議でなりません」

と、亀井は、いった。

亀井にいわせれば、彼女は、犯人ではない。それならば、進んで、自分が犯人ではない証拠を示すか、あるいは、警察に協力するのが、本当ではないのか。それなのに、なぜ、顔を見せないのか。そこが不思議だと、亀井はいうのである。

「たぶん、名乗って出られない、何か理由があるんですよ」

と、いったのは、西本刑事だった。

「それでは、君は、どういう理由を考えているんだ？」

十津川が、西本に、きいた。

「岡本名誉教授は、五年前に、奥さんを亡くして、それ以後、ずっと独身でした。ですから、相手の彼女が独身ならば、べつに隠し立てをする必要はないわけですよ。独身同士、平気でパーティをしてもいいわけです。しかし、それができないのは、おそらく、彼女が、独身ではない、つまり、誰かの奥さんということではないでしょうか？　それも、夫の名前が出れば、すぐにわかってしまうような、たとえば、岡本名誉教授の知り合いの男性とかですが、そうなれば、スキャンダルになってしまいますからね。それで、名乗り出てこないんじゃありませんか？」

と、西本は、いった。

「そうか、不倫の関係か。考えられないことじゃないな」

「しかし、彼女が今回の事件の犯人とは思えません。それにですね、彼女の夫が、犯人ということも、考えにくいと思います」

と、亀井が、いった。

「カメさんの意見を、ぜひ、ききたいね。どうして、カメさんには、彼女の夫は、犯人とは、思えないんだ？」

「もし、東京だけで、起きた事件ならば、もちろん、真っ先に、彼女の夫を疑いますよ。しかし、大阪ではホームレスが殺され、京都では舞妓上がりのクラブのママが殺されています。その二つの事件を考えると、たまたま岡本名誉教授と不倫関係にあった女性、それが人妻だとして、その夫が、嫉妬から、岡本名誉教授を殺す理由は、わかりますが、しかし、大阪で、ホームレスを殺し、京都で、舞妓上がりのクラブのママを殺す、その理由がまったくわかりません。ですから、三つの事件に共通する犯人としては、必要条件が乏しいのでは、ないでしょうか？」

と、亀井が、いう。

「確かに、カメさんのいう通りだ。私も、東京で起きた、岡本名誉教授の事件だけに限定すれば、不倫の清算だろうと考えられるが、大阪と京都との共通点が、まったく見つからないからね。まさか、妻の浮気を知って、相手の名誉教授を殺した男が、わざわざ大阪に行って、ホームレスを殺し、さらに、京都に行って、クラブのママを殺したとは、思えないからね。ただ、私はどうしても、彼女が誰なのか、それを知りたいんだ」

「彼女が、例の祝電にあった、晴子という女性と同一人物だと、警部は、思われますか？」

と、西本が、きく。

「私は、同一人物だと思っている。だから、よけいに、彼女について、知りたいんだよ」

と、十津川は、いった。

2

捜査本部に、電話がかかった。

電話の相手は、写真週刊誌を出している出版社の記者の一人だった。名前は、青木《あおき》だという。

「一つ、取引きをしませんか？」

と、青木記者が、いった。

「どんな取引きですか？」

「私は、岡本名誉教授殺しについて、一つだけ、情報を持っているのですが、たぶん、それは、捜査の役に立つと思います。ただ、私のほうも、タダでは、その情報を、差し上げられないんですよ。ですから、ギブアンドテイクで、現在、そちらが持っている情報を、一つだけいただきたいんです」

青木が、いった。

「あなたが持っている情報というのは、どんなものですか？」

「殺された岡本名誉教授は、パーティ当日の夜に、泊まっていたホテルで、女性と二人で、ワインで乾杯した。二人だけのパーティをやった。その相手の女性についての情報なんですがね」

「本当に、その女性についての情報を、持っているんですか？」

十津川は、半信半疑で、きいた。

「持っていますし、写真も撮っています」

「それは、ぜひとも欲しい情報です。しかし、警察の情報といってもね、正直なところ、こちらは、まだ、犯人像さえも、つかんでいないんですよ」

十津川は、正直にいった。その後で、

「とにかく、こちらに来て、どんな情報なのか、話してもらえませんか？」

一時間ほどして、その青木という記者がやってきた。四十代の男で、体育会系の体つきをしていた。捜査本部にも、オートバイでやってきたという。

ほかの刑事たちも、その青木という記者が、どんな情報を持っているのか、それが知りたくて、集まってきた。

青木は、茶封筒から、一枚の写真を取り出して、無造作に、十津川の前に置いた。

どこか、夜の繁華街の一角で、撮《うつ》したらしい写真だった。そこには、ベンツの車体があって、その向こうに、男女の姿が写っていた。

写真の男は、明らかに、岡本名誉教授である。そして、女のほうは、四十歳前後に見える。

「これは、一年前に、撮った写真なんですがね。ウチでは、岡本名誉教授が、一年後に仏教に関する本を出す。それで、大々的なパーティをやる。たぶん大きな賞が、与えられるだろう。そう思ったので、岡本先生の身辺を、ずっと見張っていたんですよ。そうしたら、やもめの岡本先生が、この女性とつき合っているのを、知ったんですよ。それで、カメラを持って、岡本先生を追いかけ回していたんです。それで、撮ったのが、この写真です。この女性、四十歳前後ですけどね、若々しくて、色の白い、ちょっと男好きのする顔をしているんですよ。この写真では、わかりませんけどね、この写真を撮った後、二人は、すぐに、車内でキスをしているんですよ」

青木は、ニヤッと笑ってみせた。

「しかし、どうしてこの写真を、ここに持ってきたんですか？」

十津川は、きいた。

「ホテルで、盛大なパーティが、あったでしょう？　次の週のウチの写真週刊誌に、この写真を、載せるはずだったんです。大先生の、影の女といったタイトルでね。ところが、その大先生が、パーティの日に殺されてしまった。そうなると、ちょっと載せにくくなってしまったんですよ。死者を鞭《むち》打つようなことになったら、下手《へた》をすると、読者離れが起きてしまいますからね。それで、この写真をどうしたらいいか、デスクも困ってしまいましてね。それで、デスクが、こう考えたんです。この写真を警視庁に持っていって、捜査に役立ててもらおう。その代わり、捜査について、何かわかっていることがあったら、引き替えにもらってこい。デスクは、そういっているんですよ」

「この女性の身許ですが、当然わかっているんでしょうね？」

亀井が、青木に、きいた。

「もちろん、調べましたよ。だから、わかっています」

「どこの、誰なんですか？」

「その前に、約束してもらえませんかね？　こちらも、大事なネタを、提供するんですから、捜査の過程でわかったことを、一つか二つ、教えてもらえませんか？」

青木が、抜け目なく、いった。

十津川は、考えた。

この週刊誌の記者に、話してもいいような情報が、あっただろうか？

「正直にいいましてね。われわれの捜査は、ちょっと、行き詰まってしまっているんです。続けて、大阪と京都で、事件が起きましたが、その三つの繋がりが、まったくわからない。殺された三人ですが、なにしろ、大学の名誉教授、ホームレス、そして、祇園のクラブのママですから、共通点が、まったくないんですよ」

と、十津川が、いった。

「それは、知っています。しかし、何かつかんでいるものが、一つか二つぐらいは、あるんじゃないですか？」

青木が、十津川の顔色を見るようにして、きいた。

「そうですね。一つだけ、教えてもいいことが、あるかもしれないな」

十津川は、わざと、思わせぶりに、いった。

「それを教えてくださいよ」

「その前に、この女性の身許を、教えてもらえませんか？」

十津川が、切り返した。

青木は、ちょっと考えてから、

「いいでしょう。どうせ、使えなくなった写真なんですから。この女性ですがね、年齢四十歳。人妻です」

「やっぱりね。われわれも、人妻だろうとは思っていたんです。不倫だから、表に出てこられない。そう思っていた。しかし、名前がわからなくてね」

「名前はですね、辻村《つじむら》晴子」

「どんな女性なんですか？　夫のほうは、たぶん、岡本名誉教授の知り合いだろうと、われわれは、推測しているんですが、やはりそうですか？」

と、十津川が、きいた。

「知り合いといえば、知り合いですね。旦那のほうは、文部科学省の役人ですよ。年齢四十五歳、文部科学省の局長です。いわば、エリート官僚ですね。その奥さんで、彼女は子供がいないので、アメリカに留学した時の語学力を生かして、現在、翻訳の仕事をしています」

と、青木は、いった。

「文部科学省の役人の奥さんで、名前は辻村晴子。間違いありませんね？」

「ええ、間違いありませんよ。それで、ギブアンドテイクで、そちらのつかんでいる情報を、教えてもらえませんか？　手ぶらじゃ、帰れない。なにしろ、必ず何か、情報をもらってこいって、デスクに、強くいわれているんですよ」

「実は、京都で殺された舞妓上がりのクラブのママですがね。彼女は、なぜか、金剛杖を、大事に持っていたんですよ。われわれは、それが、今度の事件に、関係していると思っています」

「金剛杖って？」

「山寺なんかに登る時に、杖の代わりにして、使うものですよ。京都府警のほうでは、比叡山に、被害者が、その杖をついて登ったことがあるんじゃないのか。それが、大切な思い出になっているので、大事に持っていたんじゃないか。そう見ていますがね」

「十津川さんは、どう思っているんですか？」

「われわれも、京都府警の意見に、賛成ですね。ただ、その杖が、事件に、どう関わっているか。それがわからない。今のところ、物的証拠となりそうなものは、この金剛杖しかないんです」

と、十津川は、いった。

青木は、問題の写真を一枚置いて、帰っていった。

十津川たちは早速、その情報をもとにして、彼女、辻村晴子と、接触することにした。

十津川たちが調べたところ、夫の辻村は文部科学省の局長で、岡本名誉教授が、中国やインドに行って、研究をする時に、文部科学省として後援した、その窓口が、辻村局長だった。

どうやら、その関係で、辻村の奥さんの晴子が、岡本名誉教授と親しくなり、つき合い始めたということらしい。

十津川は、文部科学省の役人である夫の辻村が、出勤している時間に、自宅に電話をかけてみた。

女の声が出る。

「失礼ですが、辻村さんの奥さんでしょうか？」

十津川が、確認するように、きいた。

「はい、家内の晴子でございます」

と、相手が、いう。

「実は、私は、警視庁の十津川といいますが、ぜひ、お会いして、おききしたいことが、あるのです。会っていただけますか？」

十津川は、丁寧に、きいた。

「でも、私は、今度の事件とは、なんの関係もございませんけど」

相手が、切り口上《こうじょう》で、いった。

その声は、明らかに、いつだったか、捜査本部に電話をしてきた、あの女性の声だった。

「もし、会っていただけないとなると、大変失礼ですが、令状を取って、そちらに行くことになってしまいますが」

「それは、困ります」

「ですから、どこかで、お会いして、お話をうかがいたいんですよ。その話の内容は、絶対に、口外いたしません。それは、約束します。それから、岡本名誉教授が殺された事件ですが、われわれは、あなたがその犯人であるとは、まったく、思っておりません。ですから、参考人として、お話を、うかがいたいだけなんです」

十津川は、辛抱強く繰り返した。

「でも、今すぐに、お会いする約束は、できません。できれば、一日だけ、待っていただけないでしょうか？」

と、相手が、いった。

「それは、かまいませんよ。もし決心がついたら、明日、捜査本部のほうに、電話をください」

と、十津川は、いった。

翌日の午後一時に、晴子のほうから、捜査本部の十津川に、電話をしてきたが、ま

だ迷っているようで、

「もう一日、考えさせてください。お願いします」

と、いった。

十津川は、

「いいですよ」

と、いった。

不安定な気持ちのままで会っても、こちらの欲しい情報は得られないだろうと、思ったからである。

二日目の午後になって、また、晴子が、電話をしてきた。

「今夜、どうでしょうか？　今日、夫は、出張で、北海道に行っていて、私一人ですから、夕食でも、ご一緒しながら、お話しできたらいいと、思うのですが」

と、晴子が、いった。

「結構ですよ。どこで、お会いしましょうか？」

「調布《ちょうふ》市の深大寺《じんだいじ》に、行きつけの、おそばの名店があるんです。私は、そのお店で、よく食事をしますので、できれば、そこで、お会いしたいんですけど」

晴子が、遠慮がちに、いった。

「深大寺なら、私も、そばを食べに行ったことがあります」

「では、六時に」

と、晴子は、いい、店の名前をいって、電話を、切った。

十津川は、亀井と二人、深大寺の、そのそばの店に、六時十分前に着いた。

大きな店で、二階には、個室もあった。たぶん、その個室で、話し合うことになるのだろう。そう思って、十津川は、二階の個室で、待つことにした。

店の人には、晴子が来たら、すぐ、二階に案内してくれるように、頼んでおいた。

六時になってから、注文するつもりだったが、六時になっても、彼女は、現れない。

一応、十津川は、自分と、亀井のそばを、注文しておいてから、彼女の家に、電話をしてみた。

電話は鳴っているが、相手が出ない。おそらく、もう、家を出た後なのだろうと思って、十津川は、さらに、待つことにした。

「甲州街道が、渋滞しているんですかね？」

と、亀井が、いう。

「まあ、とにかく、待とうじゃないか」

十津川は、自分にいい聞かせるように、いった。

しかし、三十分待っても、一時間待っても、晴子は、現れない。

十津川は、急に、不安になってきた。

そこで、もう一度、彼女の自宅に、電話をしてみたが、やはり、誰も出る気配がない。

「何か、あったのかもしれない」

と、十津川は、いった。

「そうですね。確かに、少しばかりおかしいですよ」

亀井も、落ち着きを失っている。

彼女の自宅は、渋谷区の松濤《しょうとう》にある。そこから、車で来るといっていたのだが、車で来れば、甲州街道を通って、四十分は、かからないだろう。

十津川は、警視庁の総合司令室に、電話をして、今現在、都内で、自動車事故が起きていないか、特に、甲州街道で、事故が起きていないかを、きいてみた。

自動車事故が、二件起きていたが、どちらも、大した事故ではなく、すでに、片付いていて、怪我人も出ていないという。

そのことに、十津川は、安心するよりも、かえって、不安を強くした。

たんなる事故では、ないのではないか。彼女が遅れている理由が、ほかに、何かあるのではないか。そう考えたからだった。

しかし、何が起きたのかが、はっきりしない。

朝になってから、十津川のいた、そば屋とは、反対方向の一角に、白いベンツが停まっているのが、発見された。

中を覗《のぞ》くと、運転席で、中年の女性が、胸を刺されて、死んでいた。

3

その知らせを受けた時、刑事たちは、揃《そろ》って、愕然《がくぜん》とし、やられたという言葉が、十津川の口をついて出てきた。

まだ、死んだ中年の女性が、辻村晴子とは、わからない段階でも、十津川は、その殺された女性が彼女であると、確信していたのである。

すぐ、十津川たちは、鑑識を連れて、現場に、急行した。

道路から少し離れた、無料駐車場の一角に、そのベンツは、停まっていた。

ドアを開けて、運転席に横たわっている死体を、車の外に運び出した。やはり、辻村晴子だった。

おそらく、十津川たちと約束した、そば屋に向かう途中で、何者かに、殺されたに違いない。胸を、数ヵ所刺され、そして、車のフロントガラスには、例の紙が、貼りつけてあった。

それは、第一、第二、第三の事件で書かれてあった文字と同じ筆跡である。

「しかし、今度は、前と、少し違っていますよ」

亀井が、眉をひそめて、いった。

十津川はじっと、その文字を見た。確かに、少し、違っている。

最初の事件では、第一番と書かれていた。大阪では、第二番、そして、京都では、第三番と書かれていた。

それが今、目の前にある紙には、同じように墨で、「第八十九番」と書いてあるのだ。

筆跡は、前の三つと、まったく同じものだった。だから、同一人物が、書いたものであることは、まず間違いないのだが、しかし、なぜ、今回は、第四番ではなくて、第八十九番なのだろうか？

十津川は、じっと犯人のメッセージを、見ていたが、次に、横たわっている死体に、目を移した。

殺し方は、前の三件と同じだった。胸を、鋭利なナイフで、何回も刺している。

「われわれが、殺したようなものだ」

と、十津川は、つぶやいた。

自分が、接触しようとしなかったら、彼女は、殺されなかったかもしれない。接触して、彼女から、何かを、きき出そうとしたから、犯人が、危険を感じて、口封じのために、彼女を殺したのではないのか。

もし、そうだとすれば、彼女が殺された責任の半分は、自分たちにあると、十津川は、思っていた。

鑑識が、車の写真を撮り、車内から、指紋を、採取した。

検死官の中村《なかむら》が、死体のそばに、しゃがみ込んだまま、十津川を、見上げて、

「殺されたのは、おそらく、昨日の午後五時から、七時の間じゃないかと、思うね」

と、いった。

その言葉がまた、十津川を、苦しめた。その時間、十津川と亀井は、二人で、彼女を待って、そば屋にいたのである。つまり、近くにいたことになる。

自分たちの近くで、彼女が殺されているとも知らずに、待っていた、そのことがま

た、十津川を、苦しめるのだった。

なぜ、彼女を家まで、迎えに行かなかったのか。そのこともまた、十津川を、苦しめるのである。

死体が、司法解剖に回され、昼過ぎになると、北海道に出張していた夫の辻村が、東京に戻ってきて、病院で、十津川たちに会った。

辻村には、死体の確認をしてもらった。

辻村は、少し眉《まゆ》を寄せて、死体を、見ていたが、格別、悲しそうには、見えなかった。

十津川と、二人だけになると、

「いいわけになりますが、私と家内の間は、完全に、冷え切っていましてね。家庭内別居といったところが、正しい表現でしょう。私は、役人としての仕事に、専念していましたし、家内は家内で、好きなことを、やっていましたから」

と、辻村が、いった。

「それでは、どうして、離婚をなさらなかったんですか？」

十津川が、きいた。

「十津川さんも、役人の一人だから、おわかりになると思いますがね。私と家内とは、見合いでして、その見合いのお膳立てをしてくれたのも、仲人をしてくれたのも、当時の上司だったんです。その上司は、今、国会議員になっています。私たちが、別れるとなると、どうしても、義理を欠いてしまうような気がしましてね。それで、別れることだけは、しないようにしよう。そう思っていたんです。家内が、どう考えていたのかは、わかりませんがね」

と、辻村が、いう。

辻村のいうことは、十津川にも、わかった。

彼は現在、局長である。局長の上は、事務次官しかない。しかし、事務次官になれるのは、たった一人だけ。多くの高級官僚は、天下りをするか、あるいは、局長で辞めて、選挙に出るしかないのである。

そんな時には、なおさら、上司を立てる必要がある。だから、辻村が離婚を渋っていた理由も、よくわかるのだ。

「奥さんは、どういう方だったんでしょうか？」

と、十津川が、きいた。

「家内は、父親が、大学の教授でした」

「とすると、お父さんは、死んだ岡本名誉教授とは、知り合いだったわけですか？」

「そうですよ。だから、私より先に、家内は、あの岡本名誉教授と、知り合いだったんです」

と、辻村は、いった。さらに、続けて、

「なんでも、彼女が、まだ学生だった頃、時々、岡本名誉教授のところに、アルバイトに行っていたらしいですよ。その頃からの知り合いなんです」

「奥さんと岡本名誉教授との関係を、ご存じでしたか？」

十津川が、きいた。

「私も、薄々は、感づいていました。しかし、実際には、どうだったのか、知りたくもなかったから、調べたこともありません」

辻村は、少し投げやりに、いった。

「岡本名誉教授が殺された日、四月十日の夜なんですが、失礼ですが、あなたは、どこで、何をしていらっしゃいましたか？」

十津川が、きいた。

辻村は、苦笑しながら、

「なるほど、私のアリバイですか。あの日は、私も、文部科学省の役人ですから、招待されて、あのパーティに、出席していましたよ。しかし、パーティが九時に終わってから、タクシーを呼んで、真っ直ぐ、家に帰りましたよ」

「その時、奥さんは、どうされていましたか？」

「家に帰ったら、家内はいませんでしたね。たぶん、家内は、ホテルに行って、岡本先生と二人だけで、お祝いでもしていたのじゃありませんか」

と、辻村が、いった。

「家に帰られてから、あなたは、どうされましたか？」

十津川が、さらに、きいた。

「一人でずっと、テレビを、見ていましたよ。そうしたら、午前三時頃になって、家内が帰ってきたんです。たぶん、岡本先生と二人だけのパーティをやって、帰ってきたんだと思いますが、私はべつに、何も、ききませんでしたね。家内のほうも、何もいわずに、勝手に寝てしまいましたよ」

「そんなに遅く帰ってきたというのに、奥さんは、あなたに、何も、いわなかったんですか？」

「そうですよ。さっきも、いったじゃないですか。私たちは、家庭内別居の状態だったって。別々の部屋で寝ていたし、お互いの一日の行動について、あれこれ、きかないことになっていたんです。それが、不文律みたいになっていました」

辻村が、小さく笑った。

「それでは、昨日の午後五時から七時頃なんですが、あなたは、どこで、何をされていましたか？」

辻村はまた、苦笑して、

「今度は、家内が死んだ件についてのアリバイですか？　仕事で、北海道に行っていましたよ。北海道の札幌に、新しく、北海道開拓の記念館ができたので、それに、招待されていたんです。挨拶もしました。それが終わったのが、午後六時ぐらいでしたかね。その後、札幌のNホテルに泊まることになっていたので、そこに、行きました。全部調べていただければ、わかりますよ」

と、いった。

たぶん、彼の言葉に、嘘はないだろう。

「前に、岡本名誉教授が殺され、そして、今度は、奥さんが殺されたのですが、われわれは、この二つの事件の犯人は、同じ人間だろうと思っています。それで、あらためて、おききするのですが、岡本先生と、あなたの奥さんとの関係、それを知って、たとえば、強請《ゆす》っていた人間、あるいは、脅していた人間について、何か、ご存じありませんか？」

と、十津川が、きいた。

「いえ、まったく、ありませんね。何度も繰り返しますが、私は、家内の行動については、ノータッチだったんです。もちろん、岡本先生との関係は、薄々、知ってはいましたよ。しかし、二人の行動を、べつに監視していたわけではありませんから」

「では、奥さんの部屋を見たいのですが、かまいませんか？」

十津川が、きいた。

4

十津川と亀井は、渋谷区松濤にある辻村の自宅に、向かった。

松濤は、いわゆるお屋敷町だ。辻村の家は、それほど大きくはなかったが、瀟洒《しょうしゃ》な日本家屋で、二階にある三つの部屋に、辻村にいわせれば、家庭内別居で、別れ別れで、過ごしていたという。

十津川と亀井は、いつも晴子が使っていたという部屋を、見せてもらった。

十二畳ほどの部屋に、ベッドが置かれ、彼女は、ここで、翻訳の仕事をしていたらしく、パソコンが二台と、本棚には、彼女が翻訳をした本が、何冊か、置かれていた。

机の上に、岡本名誉教授が今回出版した『日本仏教の変遷』という、あの本が、置かれていたところを見ると、彼女は、その英訳を、しようとしていたのかもしれない。

部屋には、写真のアルバムや、手紙の束があった。しかし、そのアルバムをいくら見ても、岡本名誉教授とのツーショット写真はない。

手紙も同じだった。岡本名誉教授から来たハガキは、二枚見つかったが、そのいずれもが、年賀状である。それも、ただ印刷だけされた、きわめて儀礼的な、なんということもない年賀状だった。

「用心していたようですね」

と、亀井が、いった。

「そうだろうね。なんといったって、彼女は、高級官僚の奥さんなんだ。それが、二十歳も年の離れている大学教授との不倫が、発覚すれば、完全なスキャンダルになる。だから、彼女も気をつけていただろうし、岡本名誉教授のほうも、用心していたんだ」

と、十津川が、いった。

「それを、あの写真週刊誌が、かぎつけたというわけですか？」

「まあ、連中も、それが商売だからね。しかし、二人の関係は、あまり知られていなかったと思うよ。今まで、あの青木という記者が、来るまで、われわれだって、わからなかったんだから」

「しかし、二人は、愛し合っていたわけですから、きっと、どこかで、会っていたはずですが、いったい、どんなデートを、していたんでしょうか？」

亀井が、首をひねった。

岡本名誉教授の同僚や後輩、あるいは、教え子の学生たちに、きいても、辻村晴子のことを、誰一人として知らなかった。それだけ、二人は、用心して、行動していたのだろう。

とすれば、どんなところで、デートをしていたのかが、気になってくる。

ひょっとすると、その隠れたデートが、今回の事件に、関係してくるのかもしれないと、十津川は、思ったからである。

「携帯電話で、連絡し合っていたのかもしれませんね」

と、亀井が、いった。

その携帯電話は、殺人現場の車の中には、見つからなかった。今、彼女の部屋を探しているのだが、ここでも、見つからない。

十津川は、夫の辻村に、きいてみた。

「奥さんは、携帯電話を、お持ちではなかったんですか？」

「いや、持っていましたよ。私よりも、よく使っていたんじゃないですかね。いろいろと、仕事をしていましたから」

「しかし、その携帯電話が、見つからないんですよ」

「おかしいな。いつも、持ち歩いていたんですけどね」

と、辻村が、いう。

とすると、彼女を殺した犯人が、持ち去ったのだろうか？

そういえば、岡本名誉教授が殺された現場である、ホテルのツインルームからも、岡本名誉教授の携帯電話は、見つからなかった。

「奥さんは、金剛杖を、お持ちではありませんか？　山の上にあるお寺に行く時に、六根清浄《ろっこんしょうじょう》といって、登るでしょう？　その時に使う杖なんですが」

と、十津川は、きいた。

辻村は、面食らったような顔で、

「そんなものを持っていたのを、見たことはありませんね。どうして、家内が、そんな杖を持っているかなんて、おききになるのですか？」

と、逆に、きいた。

「いや、なんでもありません」

とだけ、十津川は、いった。

最近の晴子について、夫の辻村は、ほとんど、何も知らないようだった。二人の間は、冷え切ってしまっていて、家庭内別居といった、辻村の話は、嘘ではないらしい。

十津川と亀井は、夫の辻村から、ほとんど何もきけなかったことに、失望しながら、捜査本部に戻った。

そこで、今度は、晴子の友人から、話をきくことにした。

まず、晴子が卒業したＳ大学の同窓生に、会うことにした。

一人は、サラリーマンの妻になっており、もう一人は独身で、小さな人材派遣会社の社長をやっていた。

この二人に、十津川は、捜査本部に、来てもらった。

サラリーマンと結婚した田中恭子《たなかきょうこ》、独身で、人材派遣会社をやっている相原育代《あいはらいくよ》。

二人とも、大学時代は、晴子の親友で、卒業後も、ずっとつき合っていたという。

「でも、最近の晴子、なんだか少し、冷たくなっていたわ」

と、田中恭子が、いった。

相原育代も、うなずいて、

「そういえば、確かに、そうね。急に冷たくなったの。冷たくなったというよりも、電話をしても、出なくなったし、昔はよく、一緒に買い物に行ったり、ホテルのバーで、飲んだりしていたんだけど、最近は、つき合いが悪くなったわね」

と、いう。

「何か、思い当たることは、ありましたか?」

と、十津川が、きいた。

田中恭子は、ニッと笑って、

「どうも、彼女、好きな人ができたらしいの。でも、いってみれば、不倫だから、それに悩んでいて、私たちと、つき合う気が、なくなったんじゃないかしら」

「そういえば、彼女、確かに、どこか、おかしかったわ。ずいぶんと、悩んでいたみたいだったけど」

と、育代が、いう。

「辻村晴子さんは、岡本という大学の名誉教授と、つき合っていたんですよ。不倫関係だから、それを、内緒にしていた様子があります」

と、十津川が、いった。

「岡本名誉教授って、この間、ホテルの部屋で、殺された人でしょう？　その人と晴子が、つき合っていたんですか？」

恭子が、ビックリした顔で、きく。

「その通りです。それで、彼女も殺されてしまったのではないかと、われわれは、思っています」

「ご主人とは、どうなっていたのかしら？」

と、育代が、きいた。

「昨日、ご主人に会いましたがね。どうも、夫婦の間は、冷え切っていて、家庭内別居といった状態だったようです。それで、晴子さんは、昔からの知り合いだった岡本名誉教授と、親しくなっていったんじゃないかと、思っています」

「でも、ずいぶん年が離れているんでしょう？」

「年の差は、二十歳です」

「二十歳。じゃあ、還暦の先生ですね。どういうきっかけで、その人と、晴子は、親しくなったのかしら？」

「なんでも、晴子さんのお父さんも、大学の教授で、そのお父さんが、問題の岡本という名誉教授と、親しかったらしいのですよ。だから、大学時代から、彼女は、岡本名誉教授と、つき合いがあったらしいんです」

十津川が、説明した。

「でも、いったい、誰が、その先生と晴子を、殺したんですか？　晴子のご主人が、ヤキモチを焼いて、殺してしまったのかしら？」

「いや、それは、ないようです。今もお話ししたように、あの夫婦は、家庭内別居の状態でしたからね。それに、ご主人には、はっきりしたアリバイがあるんです」

と、十津川が、いった。

「じゃあ、誰が殺したのかしら？　その岡本という名誉教授は、確か、新聞には、独身と出ていたはずだけど」

「そうです。五年前に、奥さんを亡くして、今は、独身でした」

「それなら、晴子が恨まれる筋合いは、ないわね」

「それで、お二人から、いろいろと、晴子さんのことをおききしたいのですが、何か最近、誰かに、脅されていたとか、怖い目に遭っているというような話は、きいていませんか？」

「そういう話は、きいたことがないわね」

　田中恭子が、いい、

「私も、きいていない」

　と、相原育代が、いった。

「しかし、最近、お二人とは、冷たくなっていたんでしょう？」

「正確にいうと、冷たくなったというよりも、つき合いが悪くなったといったほうが、いいのかしら。たぶん、それだけ、その岡本という大学の先生に、彼女、のめり込んでいたんじゃないかしら」

　と、恭子が、いった。

「とにかく、最近の彼女の気持ちや、何をしていたのか、そういうことを、知りたいんですよ。ここ一年で、いいんです。晴子さんから、妙な電話があったとか、手紙が来たとか、そういうことは、ありませんか？」

「今もいったように、つき合いは、悪くなっていたけど、私には、変わったところは、わからない」

　と、恭子が、いった。

　育代のほうは、しばらく、考えていたが、

「そういえば、去年の春に、手紙をもらったの。絵ハガキだったけれど、それに、妙に甘ったるい、俳句のようなものが、書いてあったわ」

「その絵ハガキですが、今、ここに持ってきていますか？」

「いえ、家に置いてきたので、ここにはありません。もし必要ならば、家に行って、持ってきますよ」

十津川は、西本刑事に、パトカーで、彼女を送っていくようにいってから、残った恭子に向かって、

「晴子さんという人は、どういう性格の人だったんですか？」

と、きいてみた。

「いつもは、大人しいんだけど、何か思いつめると、周りがビックリするようなことを、する人ね」

と、恭子が、いった。

「なるほど、岡本名誉教授とのつき合いも、それだったのかもしれませんね」

十津川が、いった。

「私もそう思いますわ。だって、晴子は、高級官僚の奥さんなんでしょう？　それで、大人しく、家を守ってさえいれば、将来は、ひょっとしたら、大臣夫人にだって

なれたかもしれないのに、大学の先生に溺《おぼ》れてしまうんだから、きっと、社会人になってからも、性格が変わらなかったんだわ」

と、恭子が、いった。

「彼女、男に従うほうですかね。それとも、男の人を、引っ張っていくほうですかね。どちらだと、思いますか？」

と、十津川が、きいた。

「たぶん、男の人に従順というよりも、男の人を、引っ張っていくほうじゃないかしら。そう思うわ」

恭子が、熱っぽくいった。

たぶん、エリートコースを歩む官僚の奥さんになってからも、そういう性格は、変わらなかったのだろう。

省内で順調に出世していく夫に、素直に、従っていくことができなくて、自分のやりたいことをやって、それで、夫との仲が冷たくなってしまった。そういう性格だったのかもしれない。

「学生時代の晴子さんも、そうでしたか？　男を、引っ張るほうでしたか？」

と、亀井が、きいた。

恭子は、うなずいて、

「彼女、ボーイフレンドがいたんだけど、はたから見ていると、彼女が、完全に主導権を握っていた。みんな、そう思っていたわ」

と、いった。

「それは、はたから見て、はっきりと、わかるんですか？」

「もちろん、わかるわ」

「それは、どうなんですか。よくないと思いましたか、それとも、素敵なことに見えましたか？」

十津川が、きいた。

「それは、見方にもよると思うんだけど、普通に見たら、少しばかり、彼女が出しゃばっているように、見えたかもしれない。でも、私から見たら、なかなか素敵に見えましたわ。どちらかというと、私は、男に従ってしまうほうだから、彼女みたいに、男とつき合っても、主導権を持てるようになったらいいなと、彼女のことを、うらやましく思っていましたわ」

と、恭子が、いった。

一時間ほどして、西本のパトカーで、相原育代が、戻ってきた。

ハンドバッグから、一枚の絵ハガキを、取り出して、十津川に渡した。

「これが確か、去年の三月に届いた絵ハガキです」

と、育代が、いった。

その絵ハガキには、愛媛県の、今治《いまばり》市内の郵便局の消印が、押してあった。確かに、その消印には、三月二十五日の日付が、入っていた。

裏を返すと、旅先で押したらしいスタンプと、そこに、俳句らしきものが、書かれてあった。

〈彼の指に　染み込んでいる　春の匂い〉

と、ボールペンで書いてあった。俳句なのか、たんなる言葉の羅列《られつ》なのかは、わからなかった。

十津川は、この文句よりも、絵ハガキに押してあるスタンプのほうに、気を取られた。

「カメさん、ちょっと、これを見てくれ。このスタンプだよ」

そのスタンプには、こんな文字が、書かれてあった。

〈第五十四番札所《ふだしよ》　延命寺《えんめいじ》〉

亀井の目が、光って、

「〈第五十四番札所　延命寺〉と、書いてありますね」

「そうだよ、第五十四番だ」

「これって、確か、四国の遍路じゃないですか？　八十八ヵ所巡りの遍路ですよ」

「そうなんだ」

「しかし、辻村晴子が殺されていた車の、フロントガラスに貼ってあった紙には、第八十九番と、書いてありましたよ。遍路は、確か、八十八ヵ所しか、ないはずですが」

「そうなんだ。だから、かえって面白いんだ」

と、十津川が、いった。

「どう、面白いんですか？」

「つまり、今まで、東京で殺されたのは、第一番と書いてあった。大阪が、第二番、京都が、第三番。そして、四人目に殺された辻村晴子の場合は、第八十九番と、書いてあった。つまり、四国遍路には、八十八ヵ所しかない。だから、この殺人は番外だという意味じゃないだろうか？」

「番外ですか」

「そうだよ。犯人にとっては、考えていなかった殺人なんだ。しかし、どうしても、殺さなくてはならなくなって、殺してしまった。だから、前の三人とは違って、わざと第八十九番というメッセージを、残していったんじゃないだろうか？」

と、十津川は、いった。

十津川は、田中恭子と相原育代の二人に対して、

「亡くなった晴子さんが、四国のお遍路をやったことがあるというような話は、きいていませんか？」

と、尋ねてみた。

「そういう話は、一度もきいていませんけど」

恭子が、あっさりと、いい、育代は、

「その絵ハガキを見ると、四国に行ったらしいんだけど、彼女が、お遍路に興味があったなんて、きいたことは、ありませんわ。たまたま四国に行って、そのスタンプのお寺に、行ったので、スタンプをもらっただけじゃないのかしら」

と、いった。

しかし、殺された辻村晴子が、四国の遍路に興味がなかったといっても、現に、こ

うした〈第五十四番札所　延命寺〉のスタンプを押した絵ハガキを、送ってきているのだ。

また、彼女が愛していた岡本名誉教授は、仏教の研究者である。当然、四国の八十八ヵ所巡りにも、興味があっただろうし、実際に、四国に行ってみたことが、あったのではないだろうか？

たまたま、それに、恋人だった辻村晴子が同行したということではないのか？

その時、急に、亀井が、大きな目になって、

「例の京都の事件ですが、クラブのママさんが、金剛杖を大事にしていたという話が、あるじゃありませんか？　京都府警は、あれを、京都の比叡山の山岳信仰で使った金剛杖だと、考えているようですが、ひょっとすると、京都の被害者も、四国で、お遍路になっていたのではないでしょうか？　その時に使った杖だったとすれば、東京と京都の被害者の間で、共通点が見つかることになりますよ。四国遍路という共通点です」

「確かに、そう考えれば、共通点が見出せるね」

と、十津川も、応じた。

「しかし、大阪の事件が、どうにも、結びつきませんね。大阪で殺されたのは、ホー

ムレスです。それも、五年間もホームレスだった人間のようですから、それが、四国の八十八ヵ所巡りと、どう絡《から》んでくるのかが、わかりません」

亀井が、いった。

十津川は、お礼をいって、田中恭子と相原育代を帰すと、あらためて、四国の地図を、持ってきて、机の上に広げた。

四国の遍路は、春と秋が最適の季節である。八十八ヵ所の寺を回るのは、歩いて回れば、五十日はかかるが、今は、バスで回ったり、何年にもわたって、少しずつ回る人もいるらしい。

遍路に必要なのは、まず、金剛杖である。お遍路は、白装束《しろしようぞく》と笠と、そして、金剛杖で回るが、べつに、それに限定されているわけではないという。

弘法大師、空海と二人で回るから、同行二人《どうぎようににん》という。

回る寺は、第一番から、第八十八番までである。

第一番は、徳島県の霊山寺《りようぜんじ》、第二番は、同じく、徳島県の極楽寺、第三番は、同じく、徳島県の金泉寺《こんせんじ》である。

そして、絵ハガキのスタンプに押されていた第五十四番は、愛媛県の延命寺である。

「とすると、東京で殺された岡本名誉教授は、第一番と書かれていましたから、徳島県の第一番札所、霊山寺と、何か関係があるのでしょうか？」

亀井が四国の地図を見ながら、きいた。

「いや、それはないと思う。もし、第一番、第二番、第三番の殺人と、その札所の寺とが関係があるとすれば、今回、辻村晴子の出した絵ハガキにあるのは、第五十四番だからね。その間が、抜けてしまうじゃないか。だからたぶん、犯人の動機は、四国八十八ヵ所巡りに、何か関係があるのだろうが、しかし、第一の殺人だとして第一番、第二の殺人だとして第二番、第三の殺人だとして第三番と、書いたんだと思うね。そうでなければ、五十番も、抜けているのは、おかしくなる。そして、さっきもいったが、辻村晴子は、番外で殺したから、第八十九番と書いたに違いないんだ」

十津川は、確信を持って、いった。

「こうなってくると、やはり、四国の八十八ヵ所巡りをしてみないと、犯人の本当の動機が、わからないかもしれませんね」

と、亀井が、いった。

第五章　遍路殺し

1

四国には、空港が、各県に一つずつある。香川県なら高松空港、高知県なら高知空港、徳島県なら徳島空港、そして、愛媛県なら松山空港である。

そのどこへ行けば、今度の事件に、いちばん相応しいのだろう。

十津川は、しばらく迷った。

問題の第一番札所から、第二、第三番札所までは、徳島県内にある。もし、この三つの寺が、事件に関係しているのなら、徳島県に行くのが、いちばんだろう。

しかし、辻村晴子が、去年の三月に、友だちにあてて出した絵ハガキには、愛媛県にある寺、延命寺のスタンプが押してあり、それには、第五十四番札所と、書かれている。

十津川は、大阪で起きた事件のことも、考えてみた。大阪で殺されたホームレス、堀増二郎、五十九歳が、後生大事に持っていた携帯電話の本当の持ち主は、愛媛県の荒木健一という人間だと、わかっている。

そのことと、辻村晴子の絵ハガキのことを、考え合わせると、徳島県よりも、むしろ、愛媛県のほうが、関係があるのではないか。十津川は、そう考えたのだ。

十津川は、亀井とも相談して、羽田から、松山空港行きの飛行機に乗った。松山まで一時間三十分。その飛行機の中で、十津川は、四国八十八ヵ所霊場巡りに関する本を、読んでいた。

遍路は、金剛杖をつき、白衣を着、そして、すげ笠をかぶって回る。そして、同行二人と書くのは、連れと一緒という意味ではなく、四国の八十八ヵ所を開いたといわれる弘法大師、空海と二人という意味である。

空海は、讃岐《さぬき》の生まれで、四国で修行を積んだといわれる。その修行の道が、現在の遍路道に、なっている。

お遍路が、四国の八十八ヵ所を巡るようになったのは、かなり古く、その後、地元四国の人たちが、そのお遍路に、タダでお茶やお菓子の接待をするようになった。それが「お接待」で、民家が無料で、遍路に宿を提供するのを「善根宿《ぜんこんやど》」と呼ぶ風習があるという。

八十八ヵ所の寺は、徳島、香川、高知、愛媛の四国全県に、またがっており、そのすべての距離一三六〇キロを歩いて回ると、約五十日かかるというが、最近ではバスで回ったり、あるいは、ある区間だけ歩いて、翌年、次を回る、そういう人たちも、いるらしい。

そして、お遍路が守るべき戒律というのが、十津川の読んだ本には、こう書いてあった。

〈生き物を殺してはいけない。盗みをしてはいけない。ふしだらなことをしてはいけない。嘘をついてはいけない。お世辞をいってはいけない。悪口をいってはいけない。二枚舌を使わない。貪《むさぼ》る心を持たない。怒り恨んではいけない。野心を持ってはいけない〉

これを仏教的にいえば、次のようになる。

不殺生《ふせつしよう》、不偸盗《ふちゆうとう》、不邪淫《ふじやいん》、不妄語、不綺語《ふきご》、不悪口、不両舌、不慳貪《ふけんどん》、不瞋恚《ふしんい》、不

邪見、この十戒である。この戒めは、お遍路が持たなくてはいけない戒めだと、いわれている。

四国の人たちは、お遍路に対して、タダで食事をさせたり、飲み物を与えたりし、あるいは、宿を提供したりしている。

その代わり、お遍路のほうでも、この十の戒めを、守らなければいけないということなのだろう。

お遍路が、八十八ヵ所の寺を全部回ると、これを結願《けちがん》、あるいは満願という。

第一番から、順番に回る必要はなく、どこから始めてもよく、最後の八十八ヵ所目が、満願になることになる。

お遍路は、一年中、行われているが、それでも、冬の寒い時や真夏の暑い時は、あまり遍路の姿は見られず、やはり、陽気のいい春と秋に集中すると、いわれている。

つまり、今頃がいちばん、お遍路が、多い季節である。

松山空港に着いて、ひと休みしていると、大阪府警の松崎警部から、電話が入った。

「例のお遍路の話ですが、一つ、こちらでも、わかったことがあります」

と、松崎が、いった。

「最近、四国では、ニセ者のお遍路がいるそうで、その中には、ホームレスの人間が四国へ行って、ニセのお遍路をやっていると、食事やお茶を、タダで接待してもらえるので、大阪や東京のホームレスの中には、春や秋になると、ニセのお遍路になって、四国に行く人間がいるそうですよ。どうも、こちらで殺されたホームレスの堀増二郎も、去年の春か秋に、ニセのお遍路になって、四国を回っていたらしいんです。ホームレスの仲間に、四国ではいい思いをした。信仰心なんかないが、お遍路だというだけで、食うには困らなかったし、大切にされたから、楽しかったよと、いっていたそうですよ。これで、大阪で殺されたホームレスも、お遍路と関係のあることがわかりました」

「わかりました。これで、殺された四人が、全員、お遍路という一つの共通項で、繋がっているのが、わかりました。これから、実際に、遍路道を歩いてみて、それを、確認してみたいと思っています」

十津川は、そういった。

「殺された四人は、全員お遍路だったわけですか？」

亀井が、十津川に、きいた。

「どうやら、そうらしい。なぜ、お遍路になったのか、その動機は、さまざまなんだろうと思うね。しかし、去年の春か秋に、この四人は、四国を、遍路として、歩いて回ったんだ。そこで、何かがあった。それが、尾を引いて、今年になって、一人ずつ殺されていった。私は、そんなふうに、考えるんだがね」

「四人が、お遍路になった動機というのは、何なんでしょうかね?」

「大阪で殺されたホームレスの場合は、いちばんわかりやすい。ニセのお遍路になれば、いい思いができるからさ。四国各地を、お遍路として歩いていると、タダで、食事や飲み物の接待をうけられるし、タダで、泊めてくれる家もある。その上、お遍路だから、尊敬されるしね。だから、大阪の被害者は、ニセのお遍路になった。これが、いちばんわかりやすい」

「京都のクラブのママの寺島美弥子は、どうなんでしょうか? 金剛杖を持っていたというから、四国でお遍路になったのは、間違いないと、思いますが、動機は、何だったんですかね?」

亀井が、きいた。

「京都府警の矢吹警部の話だと、彼女は、京都で、水商売をやっている時に、客を騙して、大金を手に入れたという。しかし、その後、店が、うまくいかなくなって、逆に、何百万かの借金を作ってしまい、京都から、姿を消していたことがあった。つまり逃げたんだ。その時にたぶん、彼女は、四国に行って、お遍路をやっていたんだ。借金取りから逃げるには、いちばん、いいんじゃないかね。お遍路になって、四国を巡礼するというのはね。まさか、四国の八十八ヵ所まで、借金取りは、追いかけてはこないだろうからね」

十津川は、小さく笑った。

「東京で殺された岡本名誉教授や、岡本名誉教授の彼女だった辻村晴子の二人のほうが、どうして、お遍路になったのか、その動機探しが、難しいですね」

と、亀井は、いった。

大阪府警から連絡があった、ニセ遍路、つまり、ホームレスがお遍路に化けて、人々の善意を利用して、四国を、回り歩いているという話など、この十戒に抵触している代表的な例なのではないだろうかと、十津川は、思った。

「まず、どこへ行きますか？」

亀井が、きいた。

「大阪で殺された堀増二郎が持っていた携帯電話の持ち主が、愛媛の荒木健一という、四十歳の男だったということだし、それに、四人目として殺された辻村晴子が、友人に、去年の三月に送った絵ハガキには、第五十四番目の札所である延命寺のスタンプが、押してあった。この地図で見ると、延命寺は、今治市にあるんだ。だから、まず、今治に、行ってみようじゃないか」

と、十津川は、いった。

地図によれば、今治は、本州から四国に架けられた三本の橋のうち、いちばん西側の来島《くるしま》海峡大橋を渡ると、四国の入り口にあたり、現在、リゾート開発が、進んでいるという。

さらに、今治市周辺の地図を見ると、第五十四番札所、延命寺、第五十五番札所、南光坊《なんこうぼう》、第五十六番札所、泰山寺《たいさんじ》と、街道沿いに並んでいる。

二人は、松山から、予讃《よさん》線に乗って、今治まで行った。

今治は、地図で見てわかる通り、しまなみ海道の入り口にあたり、また、瀬戸内航路の発着港でもある。

今治駅で降りると、二人はまず、今治警察署に、行った。そこで、署長に会い、荒木健一という自殺した男のことを、知っているかどうかを、きいてみた。

荒木健一は、愛媛県の人間だということだけしか、わかっていないから、ひょっとすると難しいのではないかと、十津川は思っていたが、署長は、すぐに、

「荒木さんのことなら、よく、知っていますよ」

と、いった。

「この近くなんですか？」

十津川が、きくと、署長は、

「失礼ですが、どちらから、いらっしゃったんですか？」

「松山空港で降りて、まっすぐ、こちらに来たんですが」

「それならば、逆でしたね。松山の郊外にある、大きな家なんですが、そうですね、私がご案内しましょう」

署長は、気軽に、パトカーを一台、出してくれた。

そのパトカーを、若い署長が、自ら運転してくれた。運転しながら、盛んに、十津川に、話しかけてくる。

「本庁の刑事さんが、荒木さんに、いったい何の用なんですか？　確か、荒木さんは、去年の七月頃に、自殺してしまっていますが」

「その自殺の理由について、知りたいと思って、こちらに、来たんです」

と、十津川は、いった。

「しかし、いまさら、自殺の理由なんか調べて、いったい、どうなさるんですか？」

と、署長は、きいたが、十津川は、それには答えず、

「なぜ、荒木さんは、自殺したんですか？　それに、荒木健一という人が、どういう人か、ご存じでしたら、教えてくれませんかね？」

「松山市の南に、砥部町《とべちょう》というところが、あります。砥石の砥に、部屋の部という字を書くのですが、二百二十年ほど昔、砥石の粉から、砥石のくずを集めて、陶器を作ったことから、砥部焼と呼ばれましてね。それで有名な町なんですよ。荒木健一さんの家は、その砥部町にあります。愛媛県では、知られた名家ですよ」

と、署長は、いった。

「その砥部町ですが、四国八十八ヵ所札所の寺が、ありますか？」

「砥部町の中にはありませんが、近くに、第四十六番札所の浄瑠璃寺《じようるりじ》と、第四十七番札所の八坂寺《やさかじ》がありますよ」

と、署長が、教えてくれた。

「それで、自殺した荒木健一さんは、どういう人だったんですか？」

「それが、今もいったように、愛媛県の中でも有名な旧家でしてね。そこの長男に生まれたんですよ。人一倍のお人好しでしてね。人が困っているのを見ると、頼まれもしないのに、お金を与えたりして、その方面で、有名でした。四十歳という若さで死

んだんですが、その時まで、独身でしたね。妹夫婦が、いたんですが、誰か、嫁に来てくれる人はいないかと、ずいぶん、心配をしていたらしいですよ。いずれにしても、荒木さんのことを知っている人は誰も、あんなに人がよくては、いつか、騙されて、痛い目に遭うんじゃないか。そう思っていたみたいですね」

「荒木さんは、お遍路と、関係があったんですか？」

「善根宿というのを、ご存じですか？」

「観光案内で、読みましたよ。お遍路に、自分の家を提供して、タダで泊まらせたり、タダで食事をご馳走したりするわけでしょう？」

「そうなんですよ。四国の人たちは、お遍路に対して、寛大でしてね。食事を提供したり、泊めたりしているのですが、その中でも特に、荒木さんは、有名だった。とにかく、広い家でしてね。そこに、お遍路を、どんどん泊めるんです。もちろん、食事も提供する。それで、お遍路の中でも、有名になりましてね。砥部に行ったら、荒木さんの家に寄ればいい。そんな噂が流れましてね。いつ行っても、荒木さんの家には、お遍路がたくさん泊まっていましたよ」

「それで、荒木さんは、どうして、自殺したんですか？」

と、十津川が、きいた。

「それが、はっきりとは、わからんのです。現在、あの家には、妹夫婦が、住んでいますけどね。妹さんにきいたら、何かわかるかもしれませんよ」

「荒木さんは、四十歳で亡くなったということですが、それまで一回も結婚をしなかったんですか？」

「ええ、結婚をしたということは、きいていませんからね。とにかく、荒木さんが亡くなった時は、葬儀に、世話になったお遍路が、いっぱい集まりましたよ。なんでも三百人とか、四百人とかが集まったときいています。それだけたくさんのお遍路を、もてなしたり、家に泊めたりしていたんでしょうね」

と、署長は、いった。

松山市内を抜けて、国道三三号線を南下する。しばらく走ると、愛媛県立とべ動物園の看板が見えた。

その先には、砥部焼陶芸館があり、ここでは砥部焼の即売が行われている。なるほど、ここは焼物の町なのだ。

国道三三号線を外れると、周囲に菜の花畑が広がった。いかにも、春の四国という感じだった。

「向こうに見えるのが、問題の荒木健一さんの家ですよ」

署長が、車のスピードを緩《ゆる》めながら、いった。なるほど、菜の花畑の向こうに、大きな家があった。瓦屋根が、春の陽光を受けて光っている。確かに、旧家の面影がある。

署長が、門の前で車を停めた。去年まで、たくさんの遍路が泊まっていたという話だが、今は、ひっそりと、静まり返っている。

「最近は、お遍路を泊めたりはしていないみたいですね」

「そのようですね。荒木さんが、自殺してしまったので、妹さん夫婦は、お遍路を泊める気には、ならないのかもしれませんよ」

と、署長が、いい、先に立って、家の中に入っていった。

玄関に立って、署長が案内を請《こ》うと、しばらくして、三十五、六歳の女性が出てきた。これがたぶん、死んだ荒木健一の妹なのだろう。

署長が、その女性に向かって、

「こちらは、東京の警視庁の十津川警部さんなんですが、なんでも、あなたに、亡くなったお兄さんのことを、ききたいそうですよ」

と、紹介してくれた。

その妹の名前は、荒木登美子《とみこ》だという。

「警視庁の警部さんが、兄のことで、いったい、どんなご用なんでしょうか？」

登美子は、妙に、切り口上で、きいた。

「ここでは、なんですから、中でお話しさせていただきたいのですが」

十津川が、いった。

「それなら、どうぞお入りください」

愛想のないいいかたをして、彼女が、先に立って、十津川と亀井を、中に案内した。

今治署長は、

「私は、ここで失礼します」

と、いって、帰っていった。

広い廊下が続く。廊下から見える庭も、広い。

二人の刑事は、奥の広々とした座敷に、通された。相変わらず、家の中は、ひっそりとしている。

「誰も、お遍路さんは、泊まっていないみたいですね」

十津川が、きくと、登美子は、ニコリともしないで、

「兄のことで、懲《こ》りましたから」

と、いった。

「お兄さんの荒木健一さんは、善根宿というのでしょうか、喜んで、お遍路さんを泊めたり、食事やお茶のもてなしなどを、していたようですね。それが噂になって、お遍路さんがよくここに、寄ったということを、きいているのですが」

「兄は、バカなんです」

と、登美子は、いった。そのいい方に、十津川は面くらった。

「どうして、バカだと、思われるのですか？」

「バカですから、バカだと、いっているんです」

これではどうにも、取りつく島もない。仕方なく、十津川は、質問を、変えてみることにした。

「実は、東京と大阪と京都で、続けて、殺人事件が起きましてね。現在、その捜査にあたっているんですが、その捜査の過程で、荒木健一さんの名前が、出てきたんですよ。大阪で殺されたホームレスの男の持ち物の中に、携帯電話がありましてね。それが、荒木健一さんのものだということが、わかったんです。どうして、大阪で殺された男が、荒木健一さんの携帯電話を、持っていたのか。そうしたことを知りたくて、こうして、こちらにうかがったのですが」

十津川は、話しながら、相手の反応を見た。

登美子は、庭のほうに、目をやっていたが、

「たぶん、その人は、ここに泊まって、その携帯電話を、盗んでいったんじゃありませんか？　そうとしか、考えようが、ありませんけど」

とだけ、いった。

しかし、それだけで、大阪のホームレスが、殺されたとは思えなかった。

十津川は、用意してきた被害者四人の、名前と顔写真を、登美子に、見せて、

「この中に、あなたの、ご存じの方はいませんか？」

「この人たちは、どんな人たちなんでしょうか？」

「今、申し上げたように、東京と大阪と京都で、続けて殺された人たちなんです。東京で殺された、この岡本義之という六十歳の男性ですが、有名な仏教研究家で、大学の名誉教授を、務めています。それと、こちらの女性は、辻村晴子といいましてね。この岡本名誉教授とは、恋人関係にあった女性で、彼女も殺されています。次の堀二郎という男は、五年前から、大阪でホームレスをやっていましてね。この男が、荒木健一さんの携帯電話を、持っていたんです。それから、京都で殺された、この女性は、名前は、寺島美弥子といい、三十代で、京都の石塀小路というところで、クラブ

を、やっています。ほかの三人と同じように、殺されてしまったのですが、彼女は、金剛杖を、大事に持っていました。それで、四国八十八ヵ所巡りをやったことが、あるのではないか。私たちは、そう考えたわけです。この四人に、記憶はありませんか？」

十津川が、説明のあと、きいた。

「お遍路さんの世話をしていたのは、兄ですから、私はお遍路さんの顔を、見たことがないんですよ」

「お兄さんの手伝いは、しなかったのですか？」

「ええ、しませんでした。あまりにも、兄はお人好しで、なんでもかんでも、あげてしまう。私がその場にいたら、きっと、注意をしたでしょうから、注意をするのがイヤで、兄のことを、手伝わなかったんです」

と、登美子が、いった。

「お兄さんが、無類のお人好しだということは、今治署の署長さんにも、おききしました。とにかく、この愛媛でも、有名な人だったらしいですね。だから、亡くなった時には、世話になったお遍路さんが何百人も、葬式に集まった。そうきいているのですが」

「ええ、お遍路さんが、三百人ぐらい集まりましたよ。でも、お遍路さんのおかげで、兄は、自殺することになってしまったんですから、それだけ大勢の人が、集まったといっても、嬉しくも、なんともありませんでした」

登美子は、小さく、肩をすくめた。

「しかし、お遍路といえば、弘法大師と同行二人で、八十八ヵ所のお寺を、回るわけでしょう？　つまり、善行を積んでいるわけですから、普通に考えれば、悪い人はいないと思いますがね」

「いいえ、確かに、いい人だって、いたかもしれませんけど、最近のお遍路さんの中には、悪い人も多かったんです。ニセのお遍路もいるし、そんな人が、兄の善意につけ込んで、酷いことをしたんですよ。兄は、それに絶望して、とうとう、自殺してしまったんです」

と、登美子は、いった。

「しかし、お兄さんは、たいへんな旧家に生まれた。財産だって、たくさんあったときいています。それなら、悪いお遍路がいて、少しぐらい盗んでいったとしても、自殺をするというのは、少しばかり、おかしいんじゃありませんか？」

と、十津川が、きいた。

「ええ、ただ、お金を盗まれたというだけだったら、兄は、人がいいから、悔しくても、それで人を恨むようなことは、ありませんよ。それに、自殺することはなかったと、思いますけど」

「では、どうして、自殺したんでしょうか？」

「たぶん兄は、金銭面でも、そうでしょうけど、善意を、裏切られた。そういう、心理的なものが理由で、自殺したんだと思います」

妹の登美子は、いった。

「もう少し、具体的に、話していただけませんかね」

「話したくありません。それに、今もいったように、私は兄とは、別に暮らしていましたから」

と、登美子は、素っ気なく、いった。

どうやら、このままでは、暖簾《のれん》に腕押しの感じだった。十津川は、ひとまず、引き上げることにした。

いったん松山市内に戻って、ホテルに一泊することになった。

2

翌日、ホテルを出て、もう一度、砥部町に、向かった。

町の入り口のところにある、真砂屋という店で、天ぷらうどんを食べた後、十津川は、店の主人に、荒木健一のことを、きいてみた。

「ああ、あの荒木さんね、いい人だったね。とにかく、人に親切で、それが、あまり親切すぎるので、みんな、心配していたんですよ。なにしろ、お遍路さんなら、誰でもかれでも泊めて、ご馳走していましたからね。お遍路さんが、みんないい人なら、それでも、いいんでしょうけど、中には、悪いヤツだっているから、みんな、それを、心配していたんですよ」

「その心配が的中して、自殺してしまったということですか?」

と、十津川が、きいた。

「そこがねえ、よく、わからないんだよ。たぶん、そんなことだろうとは、思うんだけど、なぜ、自殺までしてしまったのかねえ」

店の主人が、小さく、溜息をついた。

「確か、荒木健一さんは、亡くなった時には四十歳で、それまで、結婚していませんでしたね？　妹さん夫婦などが、心配して、早く結婚させたがっていたという話も、きいたんですけど」

十津川が、いうと、

「その話ですけどね」

と、急に、店の主人は、声をひそめて、

「荒木さんが、ウチに、遊びに来たときのことなんですよ。あれは、自殺する一ヵ月ぐらい前だったかなあ。とても、ニコニコしていましてね。やっと、いい人が見つかったと、いうんですよ」

「それは、去年のいつ頃ですか？」

「今もいいましたけど、五月か六月頃じゃなかったかな」

「じゃあ、結婚する予定が、あったんですか？」

「とにかく、私には、ニコニコして、いい人が見つかったから結婚する。そういっていたんですよ」

「そのいい人というのは、どんな人か、わかりませんか？」

「名前は、きいていませんけどね。なんでもね、京都の人で、美人で、よく気がついて、優しい人だ。そういっていましたよ」

「京都？　京都の人だと、いっていたんですか？」

「ええ、そうですよ。京都弁が、やわらかくて、きれいだ。そう、いっていましたからね」

「その人の名前ですが、もしかして、寺島美弥子とはいいませんでしたか？」

と、十津川が、きいた。

「名前は、知らないんですよ。とにかく、いかにも、京都の女性らしく、優しくて、しとやかで、よく気がついて、そのうえ、きれいだ。それで、結婚する気になったんだと、荒木さんは、そういっていましたね。とにかく、すごい惚れ込みようでしたよ」

店の主人が、いった。

「京都弁を使う、京都の美人ですか？」

「ええ、京都の女性とつき合ったのは、初めてだが、あんなに優しいんだと、本当に惚れ込んでいましたからね。だから、こちらも、とうとう、荒木さんも結婚する。そうなれば、心配していた妹さん夫婦なんかも、安心するんじゃないか。そう思って、人ごとながら、喜んでいたんですよ。そうしたら突然、自殺してしまったので、何がどうなっているのか、わからなくて、あっけにとられているんです」

と、店の主人は、いった。

「荒木さんは、時々、ここに、食事に来ていたんですか？」

「ええ、ウチのうどんが、好きでね。荒木さんは、自分でも、うどんを作るんですけど、しかし、時々、食べに来ていましたよ」

「その時、どんな話をしていたんですか？　その京都の女性のこと以外に」

亀井が、きいた。

「そうですね。いろいろと、話をしましたよ。そうだ、いつだったか、偉い先生が泊まっていて、その人が、仏教と弘法大師について、話をするというので、みなさんに来てもらいたい。そういって、自分で作ったチラシを、置いていきましたよ。あれは確か、三月頃の話じゃなかったですかね」

「仏教の偉い先生が、講演するという話ですか？」

「ええ、そうなんです。なんでも、その先生も、お遍路をしていて、それで、荒木さんのところに、泊まったらしいんですよ。そして、荒木さんと、弘法大師の話をして、荒木さんが、感動してしまって、その先生に、ウチで講演をしてくれませんか、そういって、頼んだらしいんです。そうしたら、その先生も、快諾してくれて、それで、あの家に、みなさんを集めることになって、チラシを自分で作り、それを配って歩いたんですね」

「ご主人は、その講演を、ききに行ったんですか？」

「ええ、ききに行きましたよ」

「それで？」

「それがですね。たくさん集まりましたよ。そうだな、三百人ぐらい集まったかな。その中には、お遍路さんも、いましたよ、たくさんね。ところが、その偉い先生が、当日になって、講演を、すっぽかして、姿を、消してしまったんです」

「どうして、その偉い先生は、講演をすっぽかして、姿を消してしまったんですか？」

「わかりませんね。とにかく、大学の偉い先生らしかったから、そんな先生が、約束を破って、姿を消してしまったのだから、その時の荒木さんの落胆ぶりといったら、なかったですね。みなさんに、申し訳ない、申し訳ないと、平謝りでね。いずれにしても、あれは酷かったね。あんなのも、大学の先生の中にはいるんだと、思いましたよ」

店の主人は、怒りの口調で、いった。

「その時、荒木さんが作ったチラシというのは、今も残っていますか?」

と、十津川は、きいた。

「どうだったかなあ、探してみますけど、なかったと、思いますよ」

店の主人は、自信のないいい方をした。

偉い大学の先生というのは、岡本名誉教授ではないのかと、十津川は、思ったが、問題のチラシがなければ、確かめようがない。

「荒木さんですが、砥部の町では、この店のほかには、どこに、寄っていたんでしょうか?」

「荒木さんは、陶芸が好きでしたから、陶芸館にも、寄っていたと思うけど、その近くに、喫茶店があるんですよ。そこで会ったことも、ありますよ」

と、店の主人は、教えてくれた。

3

十津川と亀井は、真砂屋の主人が教えてくれた、陶芸館の近くの喫茶店に、行ってみた。国道三三号線沿いにある、小さな喫茶店である。

店のママは、六十歳前後の女性で、ほかに、二十歳ぐらいの若いウェートレスが、一人だけいた。店の中には、砥部の町らしく、砥部焼が飾ってある。

十津川と亀井は、カウンターに腰を下ろし、コーヒーを頼んでから、ママに向かって、

「ここには、よく荒木さんが、来ていたそうですね」

と、十津川が、話しかけた。

「そうなんですよ。ウチには時々、荒木さんが見えて、決まって、コーヒーを飲み、ケーキを一つ食べて、帰って行くんですよ」

と、ママは、いった。

「荒木さんは、去年の七月に自殺されましたが、あなたは、その自殺の原因をご存じですか？」

と、十津川は、きいた。

「いいえ。あまりにも突然の出来事だったので、ビックリしてしまって。あんなにいい人が、自殺するなんてね。きっと、荒木さんを誰かが騙して、それで、荒木さんは、自殺したんじゃないか。そう思っているんですけどね。こればかりは、理由がわ

からなくて」

と、ママは、いう。

「この三三号線沿いにある、真砂屋のご主人にきいたんですが、荒木さんは、亡くなる前に、素晴らしい女性が見つかったので、結婚するといっていたと、いうのですが、そのことについて、何か、ご存じありませんか？」

と、十津川が、きいた。

「その話なら、荒木さんご本人から、直接、きいたことがありますよ」

と、ママが、いった。

「その話を、詳しく、教えてもらえませんか？」

「いつでしたかねえ。ふらっと、いつものように、一人でやってきて、コーヒーを飲みながら、ニコニコしているんですよ。それでね、私が、何かいいことがあったんですか、ときいたら、いよいよ、身を固める気になった。ずいぶん妹夫婦にも、心配をかけたが、結婚しようと、思っている。素晴らしい女性が見つかったんだ。優しくて、きれいで、気がついてと、やたらに、ノロケられましたよ。あれは確か、去年の五月か六月頃だったと思いますけどね」

「その女性がどんな人か、荒木さんは、話していましたか？」

「ええ、京都の女性だと、いっていましたね。なんでも、お遍路さんの一人で、泊まってから、仕事を手伝ったり、荒木さんと一緒になって、ほかのお遍路さんの世話をしたりと、なんでも、十日ぐらい、居ついてしまったらしいんですよ」

「居ついてしまったんですか？」

「ええ、私なんかにいわせると、かえって、心配でしたね。ひょっとすると、あの家の財産を狙って、その女性が、荒木さんを騙しているんじゃないか。そんな心配もしたんですけどね。荒木さんは、もう、彼女に夢中になってしまっていて、その女性を、ベタぼめに、誉めるんですよ。とにかく優しい女性で、これからは、彼女と一緒になって、お遍路さんの世話をしたり、泊めたりできる。気が合うから嬉しい。そんなことを、いっていましたね」

「その女性の名前は、寺島美弥子といいませんでしたか？　京都の女性で、クラブのママだと、いっていませんでしたか？」

十津川は、確かめるように、きいた。

「いいえ、名前もいわないし、どんな仕事をしている人かも、いわなかったけど、こんなことは、いっていましたよ。一度、彼女と一緒に、京都に行ってくる。彼女の両親の許可も、取らなければならないので、そのために、二、三日、京都に行ってくることにした。嬉しそうに、そんなことも、いっていたんですけどね」

「その女性の写真があれば、いちばんいいんですが、ありませんか？」

「妹さんは、よく知っていたんじゃないですか？」

と、ママが、いった。

「しかし、私がきいた限りでは、妹さんは、お兄さんとは、一緒に住んでいなかったから、何も知らない。そういっていましたがね」

「そうですか。でも、荒木さんは、あの家でお遍路さんの世話をしながら、毎日、日記をつけていたそうなんですよ。その日記は、今は、妹さんが持っているはずだから、何か知っていると、思いますけどね」

「荒木さんは、日記をつけていたんですか？」

「そうですよ。あの人は、几帳面で、泊まって世話をしたお遍路さんの名前を書きとめたり、お礼の手紙が、たくさん来たといって、喜んで、その手紙の整理を、していましたね。それは、みんな、よく知っていますけどね」

と、ママが、いった。

「荒木さんが、日記をつけていたというのは、間違いありませんか？」

「ええ、なんでも、十代の頃からの習慣で、ずっと、日記をつけていたそうなんですよ。それは、私もきいたし、荒木さんの友だちも、アイツは、昔からずっと、日記をつけている。アイツは、そういう几帳面なヤツなんだ。そういってましたもの」

4

十津川と亀井は、もう一度、荒木邸を訪ねた。

今度は、妹の夫とも、一緒に会うことができた。その二人に向かって、十津川が、説得した。

「昨日も、申し上げましたが、東京、大阪、京都で、連続して、殺人事件が四件、起きています。どうも、亡くなった荒木健一さんが、からんでいるような気がするんですよ。ですから、どうしても、去年、荒木さんが、なぜ、自殺したのか。その理由が知りたいのです。なんとか話してもらえませんか？」

「昨日も申し上げましたけど、私は、何も知らないんですよ」

登美子は、頑《かたく》なに、いう。

「お兄さんは、とても几帳面な人で、日記をつけていたそうじゃないですか？　その日記には、ここに寄ったお遍路のことが、書いてある。そして、その日記は、今、妹のあなたが、お持ちなんでしょう？　ぜひ、その日記を見せていただきたいんですよ」

十津川は、単刀直入に頼んだ。

「いいえ、そんな日記なんか、私は、持っていません」

「おかしいですね。日記をつけていたという人が、何人もいるんですよ」

十津川は、少しだけ、嘘をついた。

「ですから、その日記を、見せていただきたい。その日記を、見せていただければ、東京、大阪、京都で起きた殺人事件の謎が、解けるかもしれないんです。それが、自殺したお兄さんの供養にもなるんじゃありませんか？」

それでも、登美子は、相変わらず黙っていたが、夫のほうが、何かいいたそうな顔をした。十津川は、それに目ざとく気づいて、

「どうしても、見せていただけないとなると、こちらとしては、令状を請求して、強制的に拝見することになるかもしれません。それよりも、私としては、気持ちよく、荒木健一さんの日記に、目を通したいんですよ。その日記を見ることによって、ご迷惑をおかけすることは、絶対にありません。それは、お約束しますよ」

見かねたように、夫のほうが、

「警部さんも、ああいっていらっしゃるのだから、協力してさしあげたらどうなんだ?」

と、妻に声をかけてくれた。

「私は、これ以上、亡くなった兄がイヤな思いをするのが、耐えられないんですよ。兄はあまりにも人がよくて、そのせいで、人にいいように騙されて、最後には、自殺してしまいました。これ以上、兄がおかしく扱われるのが、私は、我慢できないんです」

登美子が、強い口調で、いう。

「それは、間違っていますよ」

と、十津川が、いった。

「私としては、荒木さんを騙した人間たちを、はっきりとさせたいのです。それで、ぜひ、お兄さんの書いた日記を読みたいだけで、今もいったように、ご迷惑は、絶対におかけしませんよ。それに、内容も、ほかには明かしません。これだけは、誓いますよ」

それでもなお、登美子は、

「兄のものは、何も、お見せしたくないのです」

と、繰り返した。

「亡くなったお兄さんには、妹さんご夫妻のほかに、親戚とか、知り合いが、いるんですか？」

と、十津川は、きいてみた。

「親戚がいますけど、今度のことで、兄は財産を、ほとんどなくしてしまいましたから、親戚も、寄りつかなくなりました」

と、登美子が、いった。しばらく沈黙があってから、

「また明日、うかがいます」

と、十津川は、いった。

「何度いらっしゃっても、私の気持ちは、変わりません」

と、登美子は、いう。

それでも、十津川は、

「とにかく、もう一度、明日、お願いに来ますよ」

と、いい、亀井を促して、荒木邸を後にした。

5

十津川たちは、松山市内のホテルに、もう一泊することにした。

「あの妹も、なかなか強情な女性ですね。われわれが、これだけ頼んでも、日記を見せようとはしないんだから」

亀井が、夕食を食べながら、愚痴《ぐち》をこぼした。

「荒木健一という人は、よほど、手酷く騙されたんだ。だから、妹のほうも、兄をこれ以上傷つけたくない。そういう思いで、いっぱいなんだろう」

と、十津川は、いった。

「しかし、妹の気持ちはわかりますが、犯人が誰かということがわかりません。今までのところ、この犯人は、騙されて自殺した荒木健一の仇《かたき》を討っているような感じなんですが、しかし、あの妹と妹の旦那、あの二人が犯人で、東京、大阪、京都で、連続して人を殺している。そんなふうには、到底思えないんです。妹さんは、きつい感じの性格なのでしょうけど、しかし、だからといって、彼女が四人も殺したようには、思えないし、夫のほうは、いかにも人がよさそうで、殺人者には、なれそうもありませんよ」

　と、亀井が、いった。

「その点は、私もカメさんに、同感なんだ。あの夫婦が犯人とは、とても思えない」

「しかし、親戚なんかは、金がなくなったので、寄りつかなくなった。そういっていましたよね。とすれば、親戚の人間の中に、犯人がいるとも思えない。そうなると、動機は、おぼろげながらわかっても、犯人が、わかりませんね」

　と、亀井が、いった。

「とにかく、今までにわかったことを、整理してみようじゃないか」

　と、十津川が、いった。

「四十歳になっても、結婚していなかった荒木健一は、京都の女性に、夢中になって、結婚することにした。その相手は、おそらく、京都のクラブのママの寺島美弥子だと思う。彼女は、莫大《ばくだい》な借金を作って、京都から、この四国に逃げてきて、お遍路になった。たぶん、借金取りから、身を隠すためだろう。そして、荒木邸に厄介《やっかい》になった。ここで、金持ちで、人のいい荒木健一を、騙したんじゃないかな。結婚を約束して、大金を巻き上げ、姿を消した」

「たぶん、そうだと思います。それで、荒木健一は、絶望し、自殺してしまった」

「岡本名誉教授らしき人間も、出てきたね。彼はお遍路をしている途中、同じように、荒木邸に、厄介になった。そして、主人の荒木と話が合って、仏教と弘法大師について、講演をすることになった。荒木は喜んで、チラシを作って配り、みんなが、集まった。ところが、岡本名誉教授は、ドタキャンをして、姿を消してしまった。荒木は、ガッカリするとともに、集まった人たちに申し訳ないといって、謝った。恥をかいたんだ。これは、間違いなく、岡本名誉教授だと思う」

「そうですね。私も同感ですが、しかし、寺島美弥子の場合とは違って、講演の約束をすっぽかしただけですからね。それだけのことで、犯人が、岡本名誉教授を、殺すでしょうか？　殺人の動機としては、そこがちょっと弱いかなと思います」

亀井が、いった。

「もう一人、大阪の堀増二郎というホームレスは、おそらく、ニセ遍路で、四国で巡礼を続けていたんじゃないか。それで、何回か、荒木邸に、泊まり込んだんだと思うね。もちろん、お遍路のふりをして泊まっただけなら、殺人の動機にはならない。とすれば、彼は、もっと悪いことをしているんだ」

「たぶん、それは、盗みですよ。タダで泊まらせてもらって、しかも、ご馳走にもなったのに、堀は、大金を盗んで、逃げたんですよ。それで、荒木健一は、ガッカリしてしまった。まあ、弱いけど、しかし、弱くても、十分に復讐の動機には、なると思いますね」

亀井が、いった。

「すると、動機としていちばん弱いのは、岡本名誉教授か？」

「そうですね。講演のドタキャンですからね。だから、荒木健一は、面目を失ったでしょうが、しかし、だからといって、それで自殺したとは思えません」

「岡本名誉教授には、辻村晴子という女がいたんだ。その女が、岡本名誉教授のすっぽかしと、何か関係があるんじゃないのかね。何か急用ができて、そのために講演をすっぽかして、逃げたというのなら、まだ許せるが、しかし、女のために、ドタキャンして、逃げたとなれば、荒木が怒ったとしても、無理はない」

と、十津川は、いった。

「そうですよ」

と、亀井が、いう。

「女のために、講演をすっぽかした。それも不倫ですからね。岡本名誉教授が、女と会うために、荒木邸を利用した。そうなれば、いくら人のいい荒木だって、ガッカリしたんじゃありませんかね」

翌日、もう一度、十津川と亀井は、荒木邸を訪ねた。

今日も、夫婦二人で会ってくれたが、妹の登美子のほうは、相変わらず、

「何もお見せできません。兄のことは、もう忘れたいんです」

と、いう。いくら十津川が頼んでも、無駄だった。

仕方なく、あきらめて、荒木邸を出て歩き出すと、夫のほうが、追ってきた。呼び止められ、振り向くと、夫は、息を弾ませながら、

「家内には、内緒です」

と、いって、一冊の日記帳を、十津川の手に押しつけるようにして、引き返していった。

その日記帳は、去年のものだった。

第六章　死へ誘《いざな》う日記

1

十津川が預かった日記帳は、分厚いもので、そこに、亡くなった荒木健一の生真面目な性格を表すように、丁寧な字で、ぎっしりと書かれていた。

ほとんど毎日、記入している。自分の家を善根宿にして、毎日、お遍路を泊めていたから、その人数や食事のこと、あるいは、問題が起きた時のこと、お遍路が、病気になった時の様子や、医者を呼んだ時のことまで、こと細かく書かれている。

しかし、今の十津川は、そうした細かい記述には、興味がなかった。

十津川は、四人の被害者のことが書かれているページだけを探して、読み進めていった。

四人の中で、最初に出てきたのは、岡本名誉教授である。ただし、岡本という名前は使わず、Oという文字が使われていて、O先生と書かれていた。

それは、去年の三月二十五日から、始まっていた。


三月二十五日 今日、我が家に泊まることになったお遍路さんは、全部で七名。その中に、なんということか、S大の名誉教授で、仏教の研究をなさっている、有名なO先生がいるではないか。私は、感激した。

私は、前から、O先生の仏教に対する考え方や、多彩な知識を、尊敬していて、O先生の本も、何冊か持っている。

その先生が、なぜか、お遍路の一人として、我が家に泊まられたのだ。

私は、夕食の後、居ても立ってもいられずに、失礼かとは思ったが、O先生の部屋に行って、少しばかり、お話をしてもかまいませんかと、いった。

O先生は、にこやかに、私を迎えて、

「かまいませんよ。こうしたお遍路の途中で、親しくなった方と、いろいろなお話をするのも、私の勉強になりますから」

と、ひどく謙虚に、いわれた。

それで、私は、弘法大師、空海について、お話をうかがいたいといった。なんといっても、空海は、この四国、讃岐の生まれで、お遍路の始まりだといわれているからである。

O先生は、私の単純な質問にも、気を悪くなさらず、笑顔で、弘法大師、空海について、お話をしてくださった。

空海が生まれた時から、遣唐使として唐に行き、密教を日本にもたらしたこと、それから、四国の八十八ヵ所巡りとの関係、そうしたことを、懇切丁寧に、話してくださった。

私もつい、きき惚れてしまい、夜の十二時過ぎまで、お邪魔してしまった。その失礼を詫びて、私は、自分の寝床に入ったのだが、しばらくの間、興奮して、眠れなかった。

三月二十六日　O先生のお話が、あまりによかったので、私は、ぜひ、ほかの人たちにも、先生のお話をきかせてあげてくださいと、お願いした。

幸い、O先生は、あと四、五日は、ここに泊まりたいので、三月の二十八日の夕方から、私の家で講演をしてもいいと、おっしゃってくださった。

そこで、私は、近くの仲間と二人で、O先生の講演のポスターとチラシを、作ることにした。なんとしても、O先生の話を、この周辺の人、あるいは、お遍路として、たまたま我が家に泊まった人たちに、きかせてあげたかったのだ。

私は、我が家の入り口や、門の外に、ポスターを貼り、また、砥部町の行きつけの喫茶店や、レストラン、あるいは、陶芸会館などに、ポスターを貼らせてもらい、チラシを配って廻った。

中には、O先生のことを知らない人もいたので、私は、躍起になって、O先生がいかに素晴らしい先生であるかを、説いて回った。

〈そして、三月二十八日のページ〉

今日、私の家に、三百人近い人たちが、O先生の話をきくために、集まった。砥部の人たちもいたし、お遍路の人たちもいた。

先生のほうは、一時間ほど前に、ちょっと用を足してくるからといって、外に出て行かれた。もちろん、講演の始まる午後六時には、帰って来るという約束である。

集まった三百人の全員が、期待して、O先生が登場するのを、待っていた。

しかし、どうしたことか、午後六時になっても、O先生は、戻ってこなかった。それでもまだ、全員が、期待して待っていた。

しかし、六時半になっても、O先生は、姿を現さない。

私は、少しずつ、不安になってきた。

ポスターを作った、仲間のKさんに頼んで、家の周辺を調べてもらったが、O先生は見つからないという。

集まった三百人の人たちが、少しずつ、騒ぎ始めた。

私はもちろん、O先生を信頼していたから、O先生は、外に出た時に、車にでも轢《ひ》かれたのではないか。あるいは、急病に襲われて、どこかで、苦しんでいるのではないか。そんなことしか、考えなかった。

しかし、七時になっても、とうとう、O先生は、現れなかった。それでも、熱心な人は、百人近くだが、まだ、O先生を待っていた。

しかし、八時になっても、先生は帰って来ない。とうとう私は、そこに残っていた人たちに、頭を下げるより、仕方がなかった。

「申し訳ありません。O先生の身に、何かあったに違いありません」

そういって、謝り続けた。

しかし、O先生は、夜半を過ぎても、帰ってこなかった。

〈翌二十九日〉

朝になっても、O先生は帰ってこない。どうしたんだろうか？　私には、わけがわからない。何かあったのなら、なぜ、連絡して来ないのか。

あれだけ信頼して、せっかくポスターを作り、チラシを配って、三百人の人を集めたというのに、先生は帰ってこなかった。連絡もない。

そのうちに、昨日の午後六時頃、O先生を松山駅で見たという人が、現れた。信頼の置ける私の友人で、私に、こういうのだ。

「私もね、以前から、O先生の顔は知っているんだ。それに、君の作ったポスターも、見ていたから、午後六時になっているのに、どうして、O先生が、駅にいるのだろう。それが不思議で仕方がなかった。そうしたらだね、四十前後の、ちょっといい女が、駆け込んできて、O先生に、抱きつくんだよ。そして二人で、駅のホームに入っていった。間違いなく、あの先生は、その女と一緒に、列車に乗ったんだ。たぶん、今頃は、東京に、帰っているんじゃないのかね」

私は、すぐには、その友人の話が、信じられなかった。あのO先生が、そんなことをするはずがない。女のために、約束した講演を、すっぽかして、なんの断りもなく、列車に乗って、東京に帰ってしまった。そんなことが、あり得るはずはないのだ。

その次の日は、日記に書き込みがなかった。

よほど、O先生、岡本名誉教授の行動に落胆して、次の日は、日記をつける気になれなかったのだろう。

そして、三月三十一日。その日は、少しばかり乱れた字で、こんなことが、書かれていた。

私と同じで、今治で、善根宿をやっているNさんから、連絡が入った。

私が、O先生の話をきくために、パンフレットやチラシを作って、三百人もの人を集めたのに、O先生に、すっぽかされて痛い目に遭ったという話を、きいたらしく、電話をしてきたのだ。

その電話によって、私はまた、呆然《ぼうぜん》となってしまった。

Nさんの話によると、三月の二十五日、彼の家に、O先生が、女と二人で、遍路姿で、現れたのだという。Nさんも、O先生の本を読んでいたから、すぐに、有名なO先生だとわかったが、しかし、女性連れなので、あまり話しかけなかった。

Nさんは、こういった。

「あの女はね、どう見たって、人妻だよ。O先生は確か、数年前に、奥さんを亡くしているから、独身だが、相手が人妻だと、これは不倫そのものだね。だから、O先生も、自分の名前を名乗らなかったし、絶えずサングラスをかけて、顔を隠すようにしていた。女のほうが積極的に、O先生に、しなだれかかったりして、少しばかり、ほかのお遍路たちの目の毒だった。その後、どうも、女のほうに急用ができて、二人は別れて、O先生だけがそちらに、向かったんじゃないかな。女のほうは、自宅に帰ったんだろう。何か二人で、こそこそ話していたからな。その後、O先生は、君のところに、行ったんだ。女は、たぶん、いったん、東京に戻ってから、またこちらに来て、携帯電話か、何かで、O先生に連絡をしたんじゃないか。O先生にしてみたら、好きな女が戻ってきたんだから、君のところで、講演なんかしていられない。そこで、さっさと約束をすっぽかして、女と一緒に、松山駅から、どこかへ行ったんだよ。そうに決まっている。まあ、O先生だって男なんだから、不倫をしたっていいけどね。しかし、遍路の途中で、女とくっついたりしているのは、ちょっと、まずいんじゃないかね」

と、Nさんは、いった。

私は、それをきいていて、人間が信じられなくなった。

特に、O先生は、日頃から、尊敬していたから、失望する度合いも、大きかった。

もちろん、O先生だって人間だから、女が好きだって、かまわない。

しかし、なぜ、それを、正直にいってくれなかったのだろう。私には、あくまでも、大学教授として、仏教の研究者として、偉そうなことをいっておいて、講演をしてくださると、約束してくれていたのだ。その講演をすっぽかされて、私は、せっかく集まってくれた三百人の人たちに、申し訳ない。

これは、私が悪かったのだろうか？

先生という人を、人格まで優れていると、思い込んでしまったのが、悪かったのだろうか？

次に出てくるのは、大阪でホームレスをやっていた堀増二郎のことだった。それは、五月の五日から八日にかけて、日記に出てくる。

2

五月五日。今日、我が家の泊まり客は三人。その中に、トクさんがいた。

私は、彼の名前を、トクさんとしか知らない。去年の秋も、お遍路の一人として、我が家に一週間滞在した。

ニセ遍路がいるという話で、私は、ほかの善根宿の人から、トクさんの話を、きいている。トクさんは、とんだくわせ者で、関西でホームレスをやっていて、最近は、大阪などでも生きていくのが、なかなかたいへんなので、春と秋とは、ニセ遍路になって、四国に来ているらしいという話だった。

しかし、私には、トクさんがそんな人だとは、思えなかった。確かに、格好は、汚いが、そんなことは、どうでもいい。

それに、何か理由があって、関西でホームレスをやっていたとしても、いいじゃないか。

現在の彼が、不運なだけで、いつかは、きっと立ち直って、立派な人生を生きるに違いない。そう思ったから、私は、なんのためらいもなく、トクさんに、去年の秋、泊まっていただいたし、今日も、泊まっていただくことにした。

だから、トクさんには、何もきかなかった。どこの生まれだとか、名前は何だとか。あるいは、本当に八十八ヵ所を回っているのかどうか。そんなことをきいても、仕方がない。とにかく、お遍路さんだ。そして私は、どんなお遍路さんに対しても、泊まっていただくことに、喜びを感じている。


〈そして、五月七日〉


昼食の時、トクさんの姿が、見えない。彼が寝ていた部屋にも行ってみたが、そこにも、姿がなかった。どうやら、夜明け前に、我が家を出て行ったらしい。

それでも私は、べつに、彼を疑わなかった。何か理由があって、急に、夜の明ける前に、出て行ったに違いない。

もし、そうならば、いってくれれば、お弁当を、作ってあげたのに。そう、思っただけだった。

しかし、ほかのお遍路たちが出発してから、なにげなく、仏間に行くと、仏壇に置いてあった金の阿弥陀如来が、なくなっている。

その阿弥陀如来は、私の父が、あの高村光雲《たかむらこううん》先生にお願いして、作っていただいたもので、亡くなった父から、私に、譲られたものである。

高さ十五センチの、小さな阿弥陀如来だが、さすがに、高村光雲先生の作ったものだけに、見ていると、自然に、気持ちが和《やわ》らいでくる。

奥に仕舞っておけばよかったのだが、私は、ウチに泊まるお遍路さんにも、その阿弥陀如来を、見てもらいたくて、仏壇に置いておいたのである。

昨日はあったから、昨日のうちに、誰かが盗んだに違いない。そう思ったが、その犯人がトクさんだとは、私はどうしても思いたくなかった。トクさんにも、この阿弥陀如来のことは、話してあったからだ。


〈次の日、五月八日には、こう書いてある〉

今日、松山市内の、古美術商から電話があった。そこの店主は、電話で、こういうのだ。

「昨日の午後、六十歳くらいの男が、金の阿弥陀如来像を買ってくれといって、持ってきた。高村光雲の作品で、なかなかいいものでね。あれは確か、あなたのところに、あったものじゃなかったかな。それで、あなたのところに、電話して確認しようと思っていたら、気配を察したのか、その男は、阿弥陀如来像を持って、急に、逃げ出してしまったんだ。たぶん、あの男は、しまなみ海道を通って、広島のほうに逃げたんじゃないかね。もしかしたら、君のところで、阿弥陀如来像が、なくなっていないか？」

と、きくのだ。

私が、

「確かに、なくなっている」

と、いうと、店主は、

「やっぱり」

と、いい、

「すぐに、盗難届を出したほうがいいよ。そうしないと、あの男は、阿弥陀如来像を、どこかで売ってしまうぞ」

と、いった。

私は、話をしている間、どんどん、悲しくなっていった。

私は、トクさんを、信じていた。いろいろと悪い噂は、きいていたが、私がトクさんに、親切にしてあげれば、トクさんのほうも、悪い気持ちは抑えてくれて、お遍路に、出発してくれるのではないか。そう思っていたのだ。

それが、裏切られてしまった。

なぜ、金が欲しければ、困っているから、金が欲しいと、いわなかったのだろう？もし、そうしてくれれば、五、六万ぐらいのお金は、喜んで、貸してあげたのだ。それなのに、私が父に贈られて、大事にしていた阿弥陀如来像を、持っていってしまう。しかも、それをすぐに、古美術商に売ろうとした。そのことが、やたらに悲しい。悲しくて、仕方がない。

3

三人目は、京都で殺されたクラブのママの寺島美弥子のことだった。

この美弥子のことは、荒木健一は、少しばかり、感情的に書いていて、時々、感情が高ぶるのか、おかしな表現もあって、よくわからないところもある。

それで、十津川は、日記を読んだ後、亀井には、それを、順序立てて、説明することにした。

日記では、寺島美弥子のことは、寺島のTと美弥子のMを取って、TMさんと書いている。

TMこと、寺島美弥子が、初めて、荒木健一の家、善根宿に現れたのは、六月二日のことだった。

すでに、梅雨が始まっていて、彼女は、金剛杖に白衣、すげ笠というお遍路姿で、ずぶ濡れになって、門の前に、倒れていたのである。

荒木は、あわてて、彼女を家の中に入れた。風邪でも引いたのか、ずぶ濡れの彼女は、ガタガタ震えている。それをとにかく、お風呂に入れて着替えさせた。あとになって考えると、これは芝居だったらしい。資産家で、独身の荒木に近づくためのである。

お風呂に入り、着替えをすませた彼女は、生き返ったような顔で、荒木健一に、お礼をいった。

荒木のほうは、風邪を引くのではと心配し、とにかく、早く寝なさいといった。

そして、彼女を寝かしたのだが、翌朝、荒木が起きてみると、彼女は、せっせと、部屋の掃除をしている。そして、彼女は、こういうのだ。

「ここに、たくさんのお遍路さんが泊まるということを、おききしました。私も何か、お手伝いをしたいと思うので、働かせてください」

と、いう。

荒木は、

「それは、かまいませんが、あなただって、何か理由があって、お遍路になって、四国に来られたんでしょう？　そのほうの差し障《さわ》りは、ないんですか？」

と、きいた。

彼女は、笑って、

「私は、京都の生まれですけど、実は京都で、男のことで悩み、絶望的な気持ちになってしまって、一時は、自殺も考えたんです。でも、どうしても、死ねなくて、どうにかして、その男のことを忘れようと、お遍路になったんですけど、お遍路は、もう少し、気持ちが落ち着いたら、やろうと思っています。それに、今は、忙しく働いていれば、イヤなことも忘れられる。そう思っています。ですから、あなたと一緒に、お遍路さんのお世話を、させてください」

と、いった。

荒木は、内心嬉しかったが、それを顔には出さず、

「じゃあ、とにかく、手伝ってみてください。いつでも、お遍路に、出かけたい気持ちになった時は、黙って、行っていただいて、結構ですから」

と、いった。

それから毎日、彼女は、献身的に働いてくれた。部屋の掃除をし、何人もの食事を作り、また、お遍路さんの送り迎えをする。

彼女の献身的な働きが一週間も続くと、それが噂になった。

荒木健一のやっている善根宿には、美しい女性がいて、お遍路さんの世話をしている。そういう噂である。

彼女のほうも、時々、自分の身の上話を、荒木にするようになった。その身の上話は、次のようなものだった。

彼女は、京都でも有名な旧家の家に生まれて、何不自由なく育ったのだが、結婚よりも仕事をやりたくて、いつの間にか、三十歳を過ぎてしまった。

そんな時、東京から来た一人の男性と、出会って、好きになった。

彼は、東京の国立大学を出て、大学院生にまでなって、現在、自分の母校であるM

大で、歴史を教えている。その歴史研究のために、京都に来たということだった。

彼は、礼儀正しく、彼女の両親に会っても、きちんとした話をし、できれば、お嬢さんとつき合いたい。そういった。

彼女は、少しずつ、彼が好きになっていった。

一ヵ月経つと、二人の関係は、完全な恋人同士になった。彼は結婚したいといい、彼女も、そのうちに、OKしようと思っていた。

そんな時、彼が突然、こう切り出したのだという。

「実は、中国の敦煌《とんこう》に視察に行きたい。それから、西域を一ヵ月にわたって研究し、それを論文として、発表したい。ただ、その費用がない。できれば、一千万円貸していただけないか？　その研究論文が出れば、当然、英語にも翻訳されるだろうし、一千万円は、必ず返せると思うので、どうだろうか？」

と、いってきた。

彼を信じ切っていた彼女は、両親に話し、両親が、五百万円出してくれ、残りの五百万円は、彼女自身が出して、彼に、一千万円を渡した。

ところが、その一千万円を持って、彼は、姿を消してしまったのだ。

驚いた彼女は、彼が助教授をしているというM大に、電話をしてみると、彼には問題があって、一ヵ月前に、M大を追われて、今はどこで何をしているのか、わからない。そういう返事だった。

完全に騙されたのだ。

彼女は、絶望的な気持ちになり、睡眠薬を飲んで死のうと思ったが、死に切れなかった。

彼女は、これまでの人生がイヤになり、京都を離れ、四国へ行って、お遍路さんをやろうと思った。

八十八ヵ所の寺を回れば、そのうちに、彼のことを、忘れられるのではないか。そう思ってやって来たのだが、お遍路を始めて三日目に、雨に濡れて、この家の前で、倒れてしまったのだという。

荒木は、彼女を励ますように、

「確かに、そんな男がいて、あなたを傷つけてしまったのは、残念だが、世の中には、いい人も、たくさんいるんですよ。ウチに来るお遍路さんは、みなさん、それぞれ、心の病を持っていたりして、お遍路によって、救われる。救われた人が、たくさんいて、お礼の手紙が、たくさん来ています。あなたも、きっと、ここで救われると思いますよ」

彼女は、急に泣き出して、

「あなたのような優しい人に会って、生きる希望が持てるようになりました。これからも、しばらく、この家で、お手伝いをさせてください」

と、頭を下げた。

彼女の献身的な仕事ぶりは、その後も、変わらなかった。お遍路たちは、誰もが彼女に感謝して、お遍路の旅を、続けていった。

荒木の知り合いや友人などは、彼女のことを知って、

「そろそろ、彼女に、結婚を申し込んだらどうなんだ？　君ももう四十歳なんだから、身を固めるべきだよ。いい人が見つかって、よかったじゃないか」

と、いった。

しかし、荒木はなかなか、それがいい出せなかった。断られることが、怖かったのだ。

六月の末になって、ある夜、ふとしたことから、二人は、肉体関係に陥《おちい》った。その時、荒木は、思い切って、

「私と結婚して、一緒に、この善根の宿を、やってもらえませんか？」

と、いった。

彼女は、泣き出して、

「本当に、私なんかで、よろしいのでしょうか？」

と、いった。

その瞬間、荒木は、自分の周囲が、急に華やかで明るくなったような気がした。

四十年間、独身で通してきた。結婚に対して、臆病だった自分がいた。それが、京都の優しくて、美人の嫁さんを、もらえることになった。

それが嬉しくて、砥部の町に行っては、知り合いに、彼女のことを話した。誰も彼もが、祝福してくれた。

4

その二日後、急に、彼女は、

「京都の両親から、電話がかかってきたので、いったん帰ります。もちろん、すぐ戻ってきます」

と、いって、帰っていった。

そして、二日後に、戻ってくると、彼女は、荒木に、こんな話をした。

「実は、両親が、病気がちで、養護老人ホームに入りたいと、いっている。両親が望んでいるのは、そこのマンションを買って、きちんとした金額を払って、看護を受けながら、暮らしたいといっている。そこで、私が、両親に、五千万円を贈ることになった。それでもまだ足りないので、申し訳ないが、荒木さんも、半分の五千万円を出していただけないだろうか？　そうしていただければ、もう両親のことは、心配がないから、安心して、こちらに、嫁いでこられます」

と、彼女は、いい、婚姻届に、自分の名前と、判を押して、彼に渡した。

荒木は、

「そんなことなら、お安いご用ですよ」

と、いい、五千万円を、彼女のいう京都の銀行に振り込んだ。

そして、二人で話し合って、七月十五日に、砥部の町役場に二人で行って、婚姻届を出そうと、約束した。

ところが、その前日、突然、彼女が姿を消してしまったのである。

彼女は、自分の名前と住所と判子を押した婚姻届を、置いていったので、すぐ、京都の東山区役所に、問い合わせたところ、その名前も、住所も、デタラメだった。

完全に騙されたのである。

荒木は、五千万円を、騙し取られたことよりも、自分が愛した女に裏切られたこと、その嘘を見抜けなかったことで、自己嫌悪に陥ってしまった。そして、誰も彼もが信用できなくなり、そのあげく、自宅の鴨居《かもい》で首を吊《つ》って、死んでしまった。

5

「今、話したのが、自殺した荒木健一と、寺島美弥子との関係だよ」

と、十津川は、いい、

「君も、この日記を読んでみたまえ」

と、日記を亀井に、渡した。

拾い読みした後、亀井は、

「荒木健一という人は、とにかく人を信じて、お遍路を泊めて、もてなし、それを自分の天職みたいに思っていたんですね。それが、三人に次々に裏切られて、少しずつ壊れていった。そしてとうとう、最後に、寺島美弥子に騙されて、神経が、切れてしまったんでしょうね。それで、自殺してしまった。そんな感じがしますね」

「この中で、あまり関係がないのが、辻村晴子なんだよ。だから、四人目に、彼女が殺されても、第四番とは書かずに、第八十九番、番外という番号を、犯人は、書いたんじゃないかな」

と、十津川は、いった。

「これで、岡本名誉教授、ホームレスの堀増二郎、それに、京都のクラブママの寺島美弥子、そして、四人目の辻村晴子と、四人が殺された理由は、わかりましたが、肝心の犯人が誰かは、このままでは、わかりませんね。警部は、犯人は、荒木健一の妹夫婦ではない。そういっておられましたが、今でも、そう思われますか?」

「私は、あの妹夫婦に直接会って、なおさら、これは、犯人ではないと思った。あの人たちは、静かに、亡くなった兄の菩提《ぼだい》を、弔っている。そういう雰囲気を、持っているが、しかし、東京、大阪、京都と走り回って、兄を自殺に追いやった人間を、一人ずつ殺していく。そんなことのできる人じゃない。妹もだし、妹さんの旦那もそうだ。二人とも、そんなことは、できない人だ。それは、すぐに感じたよ」

と、十津川は、いった。

「しかし、そうなると、いったい、犯人は、誰なんでしょう? あの妹さん夫婦のほかには、自殺した荒木健一と親しい親族は、いないようですが」

亀井が、首を傾げた。

「だが、犯人は、いたんだよ。その犯人は、荒木健一を騙した人間を調べて、一人ずつ、殺していったんだ」

「犯人はどうやって、岡本名誉教授や、ホームレスの堀増二郎や、それから、京都祇園のクラブのママや、そして四人目の岡本名誉教授の恋人の辻村晴子のことを知ったんでしょうか？　自殺した荒木健一が、ベラベラと、彼らのことを話したとも、思えませんが」

「確かに、カメさんのいう通り、自殺した荒木健一は、自分の悔しさを、人に話すような人間じゃない。たぶん、黙って、悔しさや、自分の愚かさを、自分だけで抱えて、死んでいったんだ。となれば、犯人も、この日記を見たに違いない。日記を見て、荒木健一が自殺に追い込まれたことを、知ったんだ。それで、復讐を思い立った」

と、いってから、十津川は、

「そうだ」

と、一人で、うなずいて、

「もう一度、この日記を、隅から隅まで、読んでみたい。もしかすると、この日記の中に、問題の犯人のことが、出てくるかもしれないからね」

6

十津川は、去年一年間の日記を、最初から最後まで、二回、読み通した。そして、日記の中に出てくる、ある人物に、注目した。

その人物は、三月五日の日記に、最初に出てくる。いや、実際には、一昨年の日記にも、出ていたのだろうが今、十津川の持っている日記では、最初に出てくるのは、三月五日である。

三月五日。今日、ヒロさんがやってきた。これで、一昨年、昨年に続いて、四度目である。

ヒロさんは、去年も春と秋にやってきて、半月ほど、ウチの宿を手伝って、黙って、どこかに帰っていった。ヒロさんは、いつもそうなのだ。

黙々と私の手伝いをしてくれて、そして、黙って帰っていく。ほとんど何もしゃべらない。それでも、ヒロさんは、時々、一緒に酒を飲んだりすると、ポツリポツリと、身の上話をすることがある。

ヒロさんというのが本名かどうか、私は知らない。どう呼んだらいいかときいたら、ヒロと呼んでください。そういったのだ。訛《なま》りがないから、たぶん東京の人間だろう。

ある時、ヒロさんが、ポツリと、

「俺は、人を殺したことがある」

と、いったことがある。

それが、本当かどうかは、わからない。しかし、ヒロさんは、嘘をつくような人ではないから、たぶん、人を殺したことがあるのだ。そして、実際に、刑務所に入っていたに違いない。

しかし、そんなことを話した後でも、ヒロさんは、まったく変わらなかった。いつもと同じように、黙々と働き、そして、私に礼をいって、いなくなるのだ。

ヒロさんとの最初の出会いは、二年前の秋だったと思う。

春と秋は、四国は、お遍路で賑《にぎ》わう。ヒロさんは、そのお遍路の一人だった。

ウチには、お遍路の一人としてやって来た。そして、一泊した後、近くの浄瑠璃寺に行ったのだが、そこでヒロさんは、たまたま一緒にいたお遍路と、ケンカをしてしまい、止めに入った住職を、殴ってしまった。

それだけではない。賽銭箱《さいせんばこ》を蹴飛ばし、金剛杖をふるって、近くに停めてあった自動車の窓ガラスを、次々に、割ってしまったのだ。

私は、前の晩に、ヒロさんを泊めていたので、責任上、浄瑠璃寺に行って、まずヒロさんのやったことを、寺の住職に謝り、そして、弁償することにした。

その時、ヒロさんは、警察に捕まっていたが、身元引受人がいないので、出てこれないという。私がヒロさんの身元引受人になって、彼を出し、いったん自分の家に、連れていった。

あの頃のヒロさんは、気持ちも、荒れていたのだ。

何をやっても、すぐに腹が立ち、ケンカになってしまう。そんな自分がイヤで、四国にやって来て、お遍路になったといっていた。それでも、つい、何かというと、ケンカになり、暴れてしまうのだという。

私は、ヒロさんと、その夜、ゆっくりと、明け方まで、話し合った。ヒロさんは、私のお説教が、気に入らないのか、突然、殴りかかってきたりもした。

そんなヒロさんが、私には、とても可哀想に思えて、殴り返す気にはなれなかった。

「とにかく、とことん話そうじゃありませんか」

と、私は、いい続けて、夜明けまで話し合った。

ヒロさんが、それで満足したかどうかは、わからない。

しかし、夜明け近くなって、話が終わった時、ヒロさんは、涙を流していた。それには、私のほうが、ビックリした。

私は、話がヘタだ。ただ、あまり、怒ったことはない。だから、ひたすら、ヒロさんの話を聞いた。

ヒロさんは、次の日から一週間、私の家の手伝いをしてから、出ていった。そして、翌年の春になると、ふらりとやって来て、また、お遍路の世話をして、帰っていく。

その後、どこに行くのか、私は、きいたことがない。でも、足摺岬《あしずりみさき》のほうで、お遍路姿のヒロさんを見たという人がいるから、おそらく、私の家を出てから、一人で、お遍路をして歩いていたのだろう。

その後、ヒロさんが、私の家にいる時に、怒ったのを、見たことはない。お遍路の中には、わがままで、どうしようもない人間もいるのだが、そんな時も、ヒロさんは、辛抱強く、そのお遍路の世話をして、怒ったり、手を上げたりしたことはない。

私は、そんな、ヒロさんが、だんだん好きになり、愛《いと》おしくなった。

十津川は、日記を読んでいて、このヒロさんという人間に、関心を持った。

日記では、漠然としか、このヒロさんという人間のことはわからない。しかし、黙々と仕事を手伝い、そして、一週間から二週間もすると、どこかに帰ってしまう。

そんなヒロさんという男が、十津川には、何か不気味な気もした。

彼は、荒木健一に対して、自分は、人を殺したことがあるといったというが、たぶん、本当ではないのか。

そして、そんな人間なら、東京、大阪、京都で、人を殺すのも、平気なのではないだろうか？

十津川は、そんなふうに、考えた。

十津川と亀井は、もう一度、荒木の屋敷に行き、妹夫婦に会った。

十津川は、礼をいって、日記帳を返してから、

「もう一つ、教えていただきたいことがあるんですよ。私のほかに、この日記帳を、誰かに、お見せになったんじゃありませんか？」

と、きいてみた。

「どうして、そんなことを、おききになるんですか？」

登美子が、きく。相変わらず、妹は非協力的だった。

「実は、前にも、お話ししましたが、東京、大阪、京都で、四人の人間が、殺されています。この四人ですが、今お返しした日記の中に、出てくる人間なんですよ。この四人は、自殺した荒木健一さんを騙して、大金を巻き上げたり、人を疑うことを知らない荒木さんを、絶望させて、自殺に追いやったんです。そして、誰かが、その仇を、討っています。ですから、どうしても、その人間を知りたいのですが、その人間は、日記を見たと、思われるんです。見なければ、わからないようなことをしています。ですから、ぜひ、教えていただきたいのですよ」

と、いった。

「私は、誰にも、この日記を、見せてはいませんよ」

と、登美子が、いった。

「あなたが、お兄さんのことに、なるべく触れられたくないのはわかりますが、しかし、どうしても、私は、教えていただきたいのです。教えてもらって、この連続して起きた殺人事件に、決着をつけたいのですよ。そうしないと、自殺したお兄さんも、浮かばれないと、思っています。なんとか、教えていただけませんか？」

と、十津川は、いった。

しかし、相変わらず、彼女は黙っているし、妹の夫も、黙っている。

「お二人が、日記を見せた相手は、三十代の男で、ヒロさんと呼ばれている男じゃありませんか？　ヒロさんは、その日記の中にも出てくるんですが、三年間にわたって、春と秋には、この家に来て、黙って荒木さんの仕事を手伝ってから、姿を消しているんです。ヒロさんはたぶん、荒木さんが自殺したのを知って、やって来て、あなた方に、荒木さんの日記を見せてほしいと、いったのではありませんか？　そして、あなた方は、そのヒロさんに、日記を見せた。そうじゃありませんか？」

と、十津川は、いい、続けて、

「この事件が解決したら、荒木さんの墓前に、報告をしたいのですよ」

と、いった。

その言葉が効いたのだろうか、登美子が、やっと、

「ええ、兄が自殺してすぐ、男の人が、訪ねてきました。その人が、どうしても、兄の自殺した理由を知りたいといったんです。ですが、私も、知らないといいました。すると、その人は、お兄さんは、日記を書いていたから、それを、見せてほしい。そういわれたので、彼に日記を渡したんです」

「それから、そのヒロさんという男は、どうしましたか？」

「この家に泊まって、二日間、ずっと、日記を読んでいました。それから、ありがとうございましたと、丁寧に礼をいって、日記を返してから、家を出ていったんですよ」

「それは、いつ頃の話ですか？」

「去年の七月の末だったと、思います」

「そのヒロさんの顔立ちは、覚えていらっしゃいますか？」

と、亀井が、きいた。

「二日間、この家にいて、顔を合わせていたのですから、もちろん、覚えています」

と、登美子が、いい、彼女の夫も、黙ってうなずいた。

十津川は、大きな紙を用意してもらって、妹夫婦の話をききながら、そこに、ヒロさんの似顔絵を、描いていった。

少しずつ、ヒロさんの似顔絵が、出来上がっていく。一時間ほどして、似顔絵が完成した。

そこには、細面で、少しばかり目のきつい、中年の男の顔が、あった。

「これ、似ていますか？」

十津川が、念を押した。

「ええ、よく似ています。それが、ヒロさんですよ」

と、妹の夫が、いった。

「このヒロさんと、二日間一緒にいたということですが、どんな感じを、受けましたか?」

十津川が、きいた。

「ひどく物静かな人で、ほとんど、しゃべらないんですよ。食事を出しても、黙って食べながら、兄の日記を読んでいたし、二日したら、黙って、出ていったんです」

「その時、何か、いっていませんでしたか?」

と、亀井が、きいた。

妹は、夫と、顔を見合わせていたが、

「こんなことを、いっていました。これでお別れですが、お兄さんのお墓がどこにあるかを、教えてくださいと、いったんですよ。それで、お寺の名前をいったら、ヒロさんは、出ていきました。後で、そのお寺に行ったら、ヒロさんがお墓参りに来たと、住職が、いっていました」

と、登美子が、いった。

「その後、ヒロさんからは、何か連絡がありましたか?」

「今年になって、一度だけ、訪ねて来たことがありました」

登美子が、思い出した感じで、いった。

「それは、いつ頃ですか？」

「確か、今年の四月二十二日か、二十三日だったと思いますけど」

「四月二十二日か、二十三日ですか」

十津川は、その日付を、頭の中で反芻《はんすう》してみた。

大阪で、ホームレスの堀増二郎が殺されたのが、四月二十日の夜だったはずである。その直後なのだ。

「ヒロさんは、何といって、今年の四月に、ここに来たんですか？」

と、十津川が、きいた。

「いつものように、ふらりとやって来て、たまたま、近くに来たので、仏前にお線香をあげさせてくれというんです」

「それで？」

「三十分ほど、じっと、仏壇の前に、座っていらっしゃいましたけど、そのあと、黙って、お帰りになったんです」

「それだけですか？」

「あとで、仏壇を見たら、なくなっていた高村光雲の黄金の阿弥陀如来像が、そこに、置かれていたんです」

「ヒロさんが、取り返してくれたわけですね？」

「ほかに考えられません」

「問題の阿弥陀如来像ですが、誰が盗んだのか、知っていましたか？」

「ええ。兄の日記に出てましたから。大阪のニセ遍路が、盗んだんです」

「その男から、前に、何か連絡はなかったんですか？」

「一度だけありました。去年の暮れに」

「どんな連絡ですか？」

「いきなり電話がかかってきたんです。例の阿弥陀如来を持ってるが、買う気はないかと、いってきたんです。それで、私は、いいました。あなたが、そこに持ってる証拠があるのって」

「相手は、何といったんですか？」

「大きな声で、おれが盗んだんだ。だから、ここに持ってるといいました。じゃあ、あんたが盗んだという証拠があるのって、きいたんです。そうしたら、おれは、阿弥陀如来を盗んだとき、一緒に、携帯電話も盗んだ。その番号をいうぞ。それが証拠だと、いうんです。その携帯は、兄のものでした」

　と、登美子は、いった。

（そうか）

　と、十津川は、思った。ホームレスの堀が、その携帯を持ち続けていたのは、黄金の阿弥陀如来を、荒木家に、売りつけるためだったのか。

「それで、買い取ることにしたんですか？」

「亡くなった兄が大事にしていたものですから、買い取ろうと思いました。でも、相手があまりにも高く吹っかけてきたので、駄目になりました」

　と、登美子は、いった。

　ヒロさんと呼ばれる男は、自殺した荒木健一の復讐をやり遂げて、その報告に毎回、荒木の墓にお参りしたのだろうか？

「ヒロさんは、その日記を、二日間、一生懸命読んでいたんですね？」

　十津川が確認するように、きいた。

「ええ、食事をしながらでも、ページをめくって、読んでいましたよ」

「もう一度、その日記を貸して、いただけませんか？　今日中に、お返ししますから」

と、十津川は、いった。

十津川は、その日記を、借りると、砥部警察署に行き、そこで、日記帳から、指紋を採取してもらった。その指紋の中に、ヒロさんの指紋が、あるかもしれない。いや、あることを期待したのだ。

7

十津川は、採取された指紋を、全部、東京の警察庁に送って、前科者カードと、照合してもらった。もし、ヒロさんが、荒木健一に話したように、人を殺したことがあるのならば、前科者カードに、あるはずである。それを期待しての指紋採取だった。

翌日、十津川がもう一度、警察庁に問い合わせると、期待した答えが、返ってきた。送った指紋のうちの一つが、前科者カードに該当したというのである。

その前科者カードにあった名前は、広田芳郎《ひろたよしろう》、現在三十八歳。二十歳の時に、ケンカで人を殺し、八年間、府中《ふちゅう》刑務所に、入っていた。

生まれたのは千葉県船橋《ふなばし》市。高校卒業後、六本木《ろっぽんぎ》で水商売に入り、その時、ヒロと、呼ばれていた。

現在の住所や職業は、わからない。そう、警察庁から、教えられた。

「今、この広田という男は、どこにいると思いますか？」

と、亀井が、きいた。

「わからないな。ひょっとすると、今も、八十八ヵ所巡りをしているのかもしれない。お遍路としてね。そうでなければ、荒木健一の仇を討ったという満足感で、国外へ、脱出しているかもしれない」

と、十津川は、いった。

その後で、亀井が、急に、こんなことをいった。

「ひょっとすると、もう一人ぐらい、この男には、殺すべき人間が、いるんじゃありませんか？　そうだとすると、五人目を防ぐ必要がありますよ」

第七章　青い国から来た殺人者

1

十津川は、通称ヒロこと、広田芳郎のことが知りたくて、府中刑務所で、一緒に服役をしていたという男に、会うことにした。

その男の名前は、西原和之《にしはらかずゆき》。四十一歳で、現在、新宿を支配している暴力団S組の幹部だった。

十津川は一人で、新宿三丁目にある和食の店で、西原と会った。本当は、亀井を連れて行きたかったのだが、西原のほうが、一対一で、といってきたからである。

西原は、国立大学を出ているというから、いわゆる、インテリヤクザといっていいだろう。話すことも論理的で、それが、いっそう冷たい印象を与える。そんな男だった。

　二人は、個室で、スキヤキを食べながらの話になった。

　十津川が、

「君と府中刑務所で一緒だった、広田芳郎のことについて、ききたいんだ」

　と、切り出すと、西原は、笑って、

「ああ、あの男ね。実はね、あの男、うちの組に、スカウトしようと、思ったことがあるんですよ」

　と、いった。

「どうして、君は、広田をS組にスカウトしようなんて、思ったんだ？　それだけの人間なのか？」

　十津川が、きいた。

「あの男はね、腕力だって、そんなに、強いわけじゃない。高校では、柔道と空手をやっていたというが、有段者ではない。頭は、まあまあだね。素晴らしくいいわけではない。ただ、あの男には、一つだけ、長所があるんだ。それは、悪くいえば、頑固だということ。よくいえば、節《せつ》を曲げないんだな。そして、なによりも気に入ったのは、寡黙《かもく》なこと。余計なことは、しゃべらない」

「節を曲げず、寡黙か」

「そうだよ。あの男はね、一度決めたら、誰がなんといおうと、絶対に迷わない。最後まで、自分の意志を貫き通す。だから、刑務所でも同じでね。ヤツは、本当なら、五年で出られたのに、八年食らったんだ。つまり、刑務所の所長とも、看守とも、妥協しなかったんだ。自分が損をするのがわかっていても、頭を下げないんだよ」

「つまり、頑固だということか」

「ああ、頑固だ。しかし、アイツの場合は、それが爽《さわ》やかに見えるんだよ。アイツのいうことはね、たいていの場合、正しいんだ。ちょっと無茶だと思っても、後になって、よく考えてみると、アイツのほうが正しい。そんなことも多かった。ところが、それを押し通すものだから、看守や同じ囚人仲間から、いじめられていたね。だが、それでも、彼は、譲らないんだ。今の時代で、いちばん不足しているのは、ああいう男の活躍する場じゃないか。そう思ったんでね、俺は、組長にいって、彼をウチの組の幹部に、ヘッドハンティングしようと思ったんだが、あの男のほうから、断ってきた。それで諦《あきら》めたんだが、今、どの社会でも、いちばん必要なのは、ああいう男じゃないかと、俺は、思っている。まあ、役人の世界だって、ウチのような組織だって、要領のいい男は、たくさんいてね。そんな男が、何人いたって、組の組織は、維持していけない。むしろ、広田のような男が一人でもいれば、組織がしっかりする。俺は、そう思っている。そして、黙ってやる。これも今、いちばん大事だよ」

「広田は、二十歳の時、盛り場で、酔っ払ってケンカをして、相手を殺してしまった。そのために、刑務所に行ったんだが、そのことについては、彼は、いったい、どう思っていたんだろう？」

「そのことだけどね、あの事件は、あんたが今いったように、酒を飲んで、ケンカになって、そのあげく、相手を殺してしまったということになっているみたいだが、実際には、もう少し、複雑なんだよ」

と、西原は、いった。

「どう複雑なんだ？」

十津川が、きく。

「これは、広田自身が、俺に話したことでね。俺は、それが本当かどうか、裏付けも取っている。だから、事実だよ。だから、あの事件は、本当は、こういうことだと、俺は、知っている。あの日、広田は、一人で、盛り場に出かけて飲んでいた。アイツは、人と一緒に行動するのが、苦手でね。たいてい、いつも一人で、飲んでいたらしい。行きつけのクラブがあって、いつも、カウンターの端のほうで、飲んでいたんだ。俺も、その店を知っているが、美人のママがいてね。マネージャーが一人、それにホステスが一人という、小さな店なんだが、雰囲気がいいんだ。そこで、広田のヤツは、一人で、飲んでいたんだな。すると、そこへ、どっと、五人ほどのグループが入ってきた。ある大会社のラグビー部の連中でね。ラグビー部が、東京都の大会か何かで、勝った後で、意気揚々と祝杯を上げようと、入ってきたんだ。それが、飲んでいるうちに、だんだんと、様子が、おかしくなってきた。なにしろ、全員二十代で、ラグビー部で、エネルギーが、余っているからね。その五人が、ママにからんできたんだ。ママも、適当にあしらっていたんだが、それがそうもいかなくなってきた。店のマネージャーが、連中を、止めようとしたんだが、逆に、小柄なマネージャーは、投げ飛ばされてしまった。そうなるともう、ラグビー部の連中は勝手に、ボルテージが上がってきた。ママが電話で一一〇番しようと思ったら、いきなり、殴られた。若いホステスにもからむ。それで、広田は、もう、我慢できなくなったんだな。店にあった果物ナイフを、手に取って、五人のラグビー部の連中の中で、いちばん、大柄な、リーダーらしき男に、やめろといいながら、いきなり、右の太ももを刺した。血がものすごく出たらしい。広田のヤツは、血のついた果物ナイフを手に持って、黙って、五人を見回した。ラグビー部の連中も、いきなり刺されたものだから、あわてふためいてしまって、店から逃げ出した。その中の一人が、警察に、電話をしたんだ。それで、広田のヤツは、捕まってしまった」

「それなら、広田は、その店のママとか、マネージャーを、酔っ払いから、守ったことになるじゃないか」

と、十津川は、いった。

西原は、笑って、

「実際は、そうなんだが、しかし、話は、逆になったんだ。とにかく、ナイフで刺したのは、広田のほうだし、五人は、有名な大会社のラグビー部の連中だったからね。広田が、ママに惚れていて、嫉妬して、ラグビー部の男を刺した。そういうことになってしまって、五年の刑を、受けてしまった。だから、あの事件は、ただたんに、広田が酔っ払って、相手を刺してしまったということじゃないんだよ」

「それは、君の勝手な推測じゃないのかね？」

十津川は、半信半疑で、きいた。

「いや、俺はね、とにかく、何年間も、刑務所で、あの男と一緒だったんだ。だから、よくわかった。今いったように、あの男は、頑固でね。なんでも、一度決めたら、迷わずに、やってしまうんだ。それに、口数が少ない。だから、事件の夜も、きっと、カウンターの端で、じっと、我慢をしていたんじゃないかなあ。それが、だんだん我慢しきれなくなって、いきなり相手を、果物ナイフで刺してしまった。アイツは、そういうことをする男だと、わかっているから、俺は、今、こんな話をしている」

と、西原は、いった。

「君のほうが、先に出所したのか？」

「ああ、そうだ。半年ほど、早く出所した」

「それから半年後に、広田が出所したんだろう？　その時、君は、彼を、迎えに行ったのか？」

「ああ、迎えに行ったよ。ウチの組の幹部になってもらいたいと、思っていたからね。とにかく、迎えに行って、二日ばかり、ヤツと一緒に、過ごしたんだ。いや、三日間、だったかな。ウチの組に来てくれればいいと、思っていたし、それに、八年間も、アイツは、刑務所に入っていたから、シャバのことも、いろいろと、教えてやりたかったんだ」

と、西原は、いった。

「三日間一緒にいて、広田は、とうとう、君の誘いに、乗らなかったのか？」

「ああ、乗らなかったよ。きっぱりと、断られてしまったよ」

と、西原は、また、笑った。楽しそうだ。

「なぜ、広田は、君の誘いに乗らなかったのだろう？　S組といえば、今、新宿を支配していて、羽振りがいいじゃないか。その幹部に推薦するというのに、どうして、断ったんだろう？　私がきいた限りでは、広田は、それほど正義感の強い男だとも思えないし、ヤクザのことが、嫌いだということでも、ないんじゃないか」

「ああ、彼は、べつに、ヤクザが嫌いというわけじゃないといっていた。それに、清く正しくなんて生き方は、できるかどうか、わからないと、笑っていた。本当に、S組が好きならば、幹部じゃなくたって、組員の一人として、そこで働くことにしたい。しかし、俺は、S組がどんなところかわからないし、好きでも、嫌いでもない。そういうところに、誘われたからといって、簡単に行く気にはならないと、いったよ。俺は、とにかく、一人で、これから、なんとか生きていきたい。その途中で、ヤクザになってしまうかもしれないし、また、人を刺してしまうかもしれない。自分で、納得できれば、どんな世界にだって、入っていきたいんだ。ただ、何も知らないS組に来いといわれても、行くことはできない、ヤツは、そういったね。本当に頑固なヤツなんだ。だからこそ、俺は、ヤツが好きなんだけどね。しかし、とうとう、S

組には、入ってもらえなかった」

西原は、小さく肩をすくめた。

「二十歳で、事件を起こして、八年間、刑務所に入っていたとすると、出所したのは、二十八歳だ。彼は、現在三十八歳だから、君と別れてから、十年が経っているわけだ。その間に、彼と連絡を取ったり、会ったりしたことは、あったのかね？」

十津川が、きいた。

「その後、二度ばかり、会っているよ」

「いつ頃、どんな状況で、会ったのか、教えてくれないか？」

「別れてから、三年後だったかな、彼は三十一歳になっていて、京都で会ったんだ。確かあの時、アイツは、京都の大きなクラブで、働いていた。用心棒兼マネージャーのようなことを、していたよ。といっても、マネージャーは、その店では、何人もいるんだけどね。俺は、そこに、飲みに行って、三年ぶりに、アイツと会ったんだよ」

「その時、どんな話をしたんだ？」

「特別な話は、何もしなかったよ。とにかく、店で一緒に飲んで、彼と、たわいのない話をして、帰ってきただけだよ。アイツは、とにかく真面目な男だから、用心棒兼マネージャーという仕事を、一生懸命やっていたよ。そして、確か、その店のホステ

ス と同棲しているとも、いっていた」

と、西原は、いった。

「その後は、いつ会ったんだ？」

「それから二年か、三年後だよ。また、京都に行くことがあってね。その店に、寄ったんだ。どうしても、彼に会いたくてね」

「それで、彼に会えたのか？」

「いや、会えなかった。店の者に、きいたら、広田はやはり、店のホステスと、結婚をしていた。子供もできたらしい。ところが、その子供が、交通事故に遭って、死んだんだ」

「それで？」

十津川が、先をうながした。

「警察は、たんなる交通事故として、扱った。つまり、広田の子供をはねて、死なせてしまった男は、その時に、車に乗っていて、子供のほうが、急に、路地から飛び出してきたので、はねてしまった。つまり、警察は、はねた男のほうには、過失は、なかった。むしろ、いきなり飛び出してきた子供のほうに、過失があったという考え方を取って、男はべつに、罪には、問われなかったらしい。ところが、それに、広田のヤツは、我慢ができなかった。警察で事情をきかれて、釈放されて帰ってきた男を、捕まえて、広田は、半殺しにしてしまったんだよ。それで、ヤツは逮捕されて、また、刑務所に一年半入っていた。奥さんとも、その間に、離婚してしまってね」

「広田が、車を運転していた男を、半殺しにしてしまった、その行為について、君は、どう思っているんだ？」

「あの男なら、そうするだろうと、俺は納得している。とにかく、あの男にとっては、子供をはねて、殺した運転手が、なんの罪にも、問われないという、そのことが許せなかったんだな。だから、自分で捕まえて、いわば、落とし前をつけた。俺は、刑務所に、彼に会いに行ったんだが、ヤツは、このことについて、ほとんど、しゃべらなかった。それでも、おれは、ヤツの顔を見て、納得したよ」

「その後の彼には、会っているのか？」

「いや、会っていない。二度目の出所をした時、もう一度、会いに行こうかとも思ったんだが、やめた。アイツは、奥さんにも、逃げられて、家族もいないし、親戚もいないらしいから、いわば、完全な孤独だろう。そんな彼には、会わない方がいいと思ったんだ。だから、わざと会いには行かなかったんだ」

「しかし、広田のことは、気にかかっていたんだろう？」

「もちろん、気にはかかっていたさ」

「それで、広田が出所した後、何をしているか、わかったのか？」

「いや、わからなかった。ただ、出所した後、四国に行って、お遍路になって、八十八ヵ所を、回って歩いている。そんな噂をきいたことはある」

と、西原は、いった。

これで、広田が八十八ヵ所巡りをしている途中、荒木健一の屋敷に泊めてもらった経緯が、わかってきた。広田は、その時、何かの救いを求めて、四国を歩いていたのだろう。

そして、広田は、荒木健一の献身的なお遍路への対応を見て、感動し、春と秋には、必ず訪ねていって、彼の仕事を、手伝うようになっていたのだろう。

2

これで、広田芳郎という男の大体の輪郭が、つかめてきた。西原がいったような男なら、荒木健一の仇を、自分が討とうと思ったとしても、不思議ではない。それも、自分一人で決めてである。

十津川が、もう一つ、気になっているのは、亀井が、いったことだった。

広田は、荒木健一のために、東京、大阪、京都で、四人の男女を、殺している。

しかし、はたして、それで、終わりなのだろうか。それとも、あと一人か二人、殺す相手がいるのだろうか。亀井は、そういうのだ。

もし、亀井のいうことが、当たっていれば、まもなく、五人目の人間が、殺されることになる。

十津川にすれば、犯人の広田も捕まえたいし、その五人目の人間が、殺されるのも防ぎたい。

十津川は、亀井と二人、もう一度、愛媛に行き、荒木の屋敷を、訪ねた。

今度もまた、荒木の妹の登美子は、あまりいい顔をしなかった。たぶん、そっとしておいてもらいたいというのが、正直な気持ちなのだろう。

しかし、十津川としては、きくべきことは、きかなくてはならなかった。

「もう一つ、教えていただきたいことができましてね」

と、十津川は、いった。

妹夫婦は、黙っている。

「荒木健一さんのことなんですが、先日、日記を見せていただいて、なぜ、自殺したのかが、わかりました。特に、京都の女性に、結婚をエサに、五千万円も奪われて、それが、自殺の直接の原因になったというのが、よくわかりました。しかし、ほかにも、自殺の原因になったようなことが、あったんじゃありませんか？　もし、あったのならば、それを、教えていただきたいんですよ」

と、十津川が、いった。

「しかし、あの日記には、ほかには、何も書いていなかったでしょう？」

と、登美子の夫が、いう。

「ええ、これといったようなことは、書いてありませんでした」

「じゃあ、何も、なかったんですよ。私たちとしては、もう、いい加減にしてほしいんですけどね」

と、登美子が、いう。

「わかりましたが、最後に一つだけ、おききしたいんですよ。荒木健一さんは、五千万円もの大金を女性に騙し取られた。その後、この屋敷は、どうなったんですか？　荒木さんが、資産家だということはおききしていますが、それでも、五千万円もの大金を騙し取られたとなると、その後、経済的に苦しかったんじゃありませんか？」

十津川は、きいてみた。

妹夫婦は、返事をしない。

しかし、その顔色を見ていて、十津川には、わかったような気がした。

「やっぱり、ですか。さすがに、荒木さんも、その時は、お金に困ったんだ」

「そうですよ」

と、急に、登美子が、怒ったように、いった。

「いざとなると、みんな、引いてしまいますからね」

「しかし、荒木さんという人は、銀行には、信用があったんじゃありませんか？　一時的に、お金に困ったとしても、銀行なり、信用金庫なり、あるいは農協から、お金を借りればよかったんじゃありませんか？」

「ええ、兄は、金融機関からは、信用がありましたよ。めったやたらに、お遍路の面倒をみていましたけど、松山市内の土産物店のほうは、うまくいっていましたからね。でも、兄が五千万円を騙し取られたという話が広がったら、急に、いつも取引きのあった信用金庫からの融資が、止まってしまったんです」

と、登美子が、いった。

「どうして、信用金庫からの融資が、止まってしまったんですか？」

「この近くに、砥部信用金庫の支店長さんが、いるんですけどね。その人は、日頃から、兄のやり方というか、めちゃくちゃに、お遍路の世話をして、お金をたくさん使うことに、反対していたんです。それで、兄が、あの京都の女性のお遍路に五千万円も騙し取られたときくと、それ見たことかということで、融資を、断ってきたんですよ」

「それも、自殺の原因の一つですか？」

　と、亀井が、きいた。

「それは、わかりません。兄が、いちばん傷ついたのは、京都の、あの女性のせいですけど、信用金庫の支店長さんが、兄のことを慰めてくれて、融資をするから、頑張ってくださいとでもいってくれたら、なんとか、兄も、立ち直ることができたかもしれません。でも、それも、今となっては、わかりません。兄は、死んでしまいましたから」

　と、妹は、いった。

「砥部信用金庫の支店長さんは、何という名前ですか？」

　十津川が、きいた。

「どうして、それをきくんですか？」

「どうしても、それを、知りたいんです」

「確か、小田《おだ》さんといったと思いますけど、私は、支店長さんには、会ったことがないんです」

と、登美子は、いった。

「このことは、誰か、知っていますか？」

「狭い町ですから、噂にはなっていましたよ」

と、登美子はいった。

3

十津川と亀井は、砥部焼陶芸館の隣にある砥部信用金庫に、行ってみた。

警察手帳を見せてから、支店長に会いたいと、告げると、副支店長だという男が、出てきて、

「支店長は、休んでおります」

「確か、支店長のお名前は、小田さんでしたね？」

「そうです。小田信介《しんすけ》といいます」

「病気で、お休みですか？」

「いえ、今日から一週間、休みを取っているんです」

と、相手が、いった。

「どうして、一週間も、休みを取っているんですか？」

「実は、二十年一緒に生活をされていた奥さんが、突然、ガンで亡くなりましてね。支店長にとっては、大変なショックだったらしくて、それで、一週間の休みを、取ったんです。なんでも、亡くなった奥さんのことを、弔いたいといって、お遍路に、出たそうですよ。ゆっくりと、一週間かけて、お寺回りをすれば、気持ちも、落ち着くだろう。そういって、今日から、休みを取っております」

「四国の寺八十八ヵ所を、全部回ると、約五十日かかると、いわれていますけど、一週間だと、どの寺を、回っておられるのでしょうかね？」

と、十津川が、きいた。

「それは、わかりません。それに、歩いて回るとは、いっていませんでしたから、たぶん、バスなどを利用して、回っているのだと思います」

副支店長は、いった。

「支店長と、連絡は取れませんか？　携帯電話か何かで」

と、十津川が、きいた。

「いえ、それは、できません。携帯電話を持ち歩いて、いちいち、連絡を取るようなことをしていたら、それこそ、亡くなった奥さんの冥福を祈るということには、ならないんじゃありませんか？　支店長は、そんなことを、いっておりましたから、きっと、携帯電話は、持っていないと、思いますよ」

と、副支店長は、いった。

「支店長の写真は、ありませんか？　あったら、お借りしたいのですが」

十津川が、いった。

副支店長が、その写真を持ってきた。小田信介、五十歳。写真で見る限り、五十歳よりは、二、三歳、若く見える。

「身長は、どのくらいですか？」

と、亀井が、きいた。

「確か、一七五、六センチだと思いますよ。痩《や》せています」

「遍路に出ているとすると、やはり、白衣を着て、すげ笠をかぶり、金剛杖を持って、回っておられるんでしょうね？」

「ええ、その通りです」

「前にも、支店長は、お遍路をされたことが、あるのですか？」

「大学時代に一度、仲間と一緒に、回ったことがあるそうですが、この信用金庫に勤めるようになってからは、初めてじゃないでしょうか？　仕事が忙しかったから」

と、副支店長は、いった。

「もう一つ、おききしたいのですが、自殺した荒木健一さんのことは、ご存じですね？　あの方は、この信用金庫のお得意さんの一人じゃなかったんですか？」

「ええ、確か、取引きをしていただいていましたが」

と、副支店長は、いったが、急に、歯切れが悪くなった。たぶん、支店長が融資を断ったことを、知っていたからだろう。

「支店長が、お遍路に出たことを、誰かに、いいましたか？」

「電話での問い合わせには、話しました。べつに悪いことじゃありませんからね」

それ以上、質問することを止め、支店長の小田の写真を借りて、十津川と亀井は、その信用金庫を、後にした。

「カメさんのいうことが、当たっているかもしれないな」

と、十津川が、いった。

「そうですね。広田が、五人目として、砥部信用金庫の支店長である、小田信介という男を、殺そうとしている可能性は、ないわけではありませんね」

「あると思って、対応すべきだな」

と、十津川が、いった。

「しかし、支店長の小田が、今、どこにいるのかわかりませんし、それを探すのは、大変ですよ。四国八十八ヵ所は、四国四県にまたがっていますからね。どこの県警に、協力を要請していいのか、わかりません」

亀井が、いった。

「ここは、四国の各県警に、協力を要請するよりも、われわれだけで、二人を見つけたほうが早いかもしれない。とにかく、西本たちに、すぐ、こちらに、来てもらうようにしよう」

と、十津川が、いった。

すぐ、東京に電話をかけ、急遽《きゆうきよ》、西本たちに、今日中に、松山空港に来いと、命令を出した。

午後になって、西本たちが、松山空港に到着した。十津川を入れて、全部で八名になった。

十津川が、指示を与えた。十津川は、四国の地図を広げて、点在している八十八ヵ所の寺の位置を、示した。

「第一番札所から、順番に回っていたのでは、間に合うかどうか、わからない。そこで、われわれは、二人ずつに分かれる。二人で一県を担当する。その一県の中の、札所の寺を回るんだ。歩いて回っていては、間に合わないから、レンタカーを借りる。そして、支店長の小田を見つけるか、あるいは、犯人の広田を見つけるか、どちらが見つかっても、すぐに、携帯電話で連絡を取り合って、そこに、集合するようにしよう」

十津川は、刑事たちに、いった。

十津川と亀井が愛媛県、西本と日下が香川県、三田村と北条早苗が高知県、残りの徳島県は、田中《たなか》と鈴木《すずき》の二人の刑事が分担することになった。

早速、四台のレンタカーを借り、それぞれが、受け持ちの県に向かって、出発していった。

4

十津川と亀井が受け持った愛媛県には、二十六ヵ所の札所がある。第四十番札所、観自在寺《かんじざいじ》から始まり、第四十一番札所、龍光寺《りゅうこうじ》、第四十二番札所、仏木寺《ぶつもくじ》、第四十三

番札所、明石寺《めいせきじ》、第四十四番札所、大宝寺《たいほうじ》、第四十五番札所、岩屋寺《いわやじ》。

その第四十五番札所である岩屋寺に向かう途中で、十津川の携帯電話が鳴った。

高知担当の三田村からだった。

「まだ正確には、わかりませんが、どうも例の支店長の小田らしいお遍路が、この高知の足摺岬に、行ったらしいんですよ。これを、途中の旅館で、ききました。その旅館の主人が、以前に、愛媛県の砥部町に、住んでいたことがあったそうでしてね。その砥部町の信用金庫の支店長と思われる人が、お遍路姿で、歩いていたので、ビックリして、声をかけたら、これから、足摺岬のほうに行くと、いっていたそうなんです」

と、三田村が、いった。

「足摺岬に、札所があるのか？」

と、十津川が、きくと、

「足摺岬には、金剛福寺《こんごうふくじ》という、四国八十八ヵ所の中で最南端の寺が、あります」

「最南端の札所か」

「ずいぶん大きな寺だとききました。問題の信用金庫の支店長は、どうやら、足摺岬にあるこの寺に行ったような気がして、仕方ありません。とにかく、これから私と北条刑事は、その金剛福寺に、行ってみます」
と、三田村は、いった。
「私も、すぐ、そちらに行く」
と、十津川は、いった。

5

四国の足摺岬は、その美しい景観で有名である。四国の最南端、土佐湾の西にある足摺半島の突端にあるのが、足摺岬である。

リアス式の海岸は、美しく、海の中のサンゴもまた美しい。そこはすべて、足摺宇《う》和《わ》海《かい》国立公園になっている。

地図で見ると、その足摺岬の先端部分に、問題の金剛福寺という寺がある。第三十八番札所である。

十津川と亀井は、ほかの西本たちにも、携帯電話で知らせてから、すぐ車で、高知に向かった。

伊予《いよ》市から大洲《おおず》へ抜け、宇和島を通って、土佐清水《とさしみず》へ。その先が、足摺岬である。

車を走らせている途中で、三田村刑事と北条早苗刑事から、連絡が入ってくる。

「今、四万十川を、渡りました。これから南下して、足摺岬に、向かいます。時々、お遍路さんが歩いているのを見かけますが、信用金庫の支店長や、あるいは、犯人の広田の顔は、まだ見つかりません」

三田村は、携帯電話で、いった。

しばらくして、また、連絡が入った。

「今、足摺半島に、入りました。やたらに、明るいですよ。海は青いし、空も青いし、陸のほうも、新緑に恵まれていますから、すべてが、真っ青です」

と、三田村が、いい、電話を替わった北条早苗刑事も、

「今、三田村刑事がいったように、海岸線を走っていると、自分たちも、青く染まるような気持ちがしてきます。こんなところで、殺人がはたして起きるのか。そんな気がします」

と、いった。

十津川は、助手席で、地図を見ながら、

「今、足摺半島の、どちら側を、走っているんだ？」

「西側です。土佐清水市を抜けて、西側を走っています。国道三二一号線です。海岸

が、美しくて、足摺サニーロードと呼ばれているそうで、車が、わりと多く走っています。それに、バスに乗ったお遍路さんも、見かけます」

と、早苗が、いった。

「あと、どのくらいで、寺に着くんだ？」

「あと、三十分は、かかると思います。とにかく、金剛福寺は、足摺岬の先端のほうにある寺ですから」

「その寺に近づいたら、注意してくれ。そこに、狙われている信用金庫の支店長がいるかもしれないし、犯人の広田がいるかもしれないからな」

十津川が、注意した。

地図で見ると、足摺岬というのは、太平洋に向かって、鋭く、突き出している感じに見える。

今、三田村や北条早苗刑事が、いったように、足摺岬の半島の海岸線を通る道を走れば、太平洋が、一望の下に、見えるだろう。

今日は、天気もいいから、あの二人が一瞬、犯人を追っているのを忘れて、空の青さを、称えたり、海の青さに驚いているのも、わからないことではなかった。

さらに四十分ほどして、

「今、金剛福寺の前に来ています。道路沿いにある大きな寺ですね。すごく明るいです。お遍路が四、五人、寺の中に入っていくのが、見えます。しかし、その中に、例の二人は見当たりません」

と、三田村が、連絡してきた。

「しばらく、そこで見張っていてくれ。もし、支店長の小田か、あるいは、犯人の広田を見かけたら、すぐに、知らせるんだ」

十津川が、いった。

十津川と亀井の二人が乗ったレンタカーは、やっと高知県に入った。この調子で行くと、足摺岬に着く頃には、暗くなっているのではないか。

十津川は、そんなふうに思い、そのことが不安になってきた。

足摺岬にいる、三田村と北条早苗の二人からは、犯人や、信用金庫の支店長が、見つかったという知らせは、来ていなかった。

十津川が、心配していたように、二人の乗った車が、足摺岬に入った時は、すでに、周囲は暗くなっていた。

その暗い国道三二一号線を走りながら、十津川は、金剛福寺の前にいる、三田村と北条早苗の二人に、連絡を取った。

「私たちは、現在国道三二一号線を、海岸沿いに走っている。そちらの様子は、どうだ？」

「まだ、例の二人は、見つかっていません。この調子で行くと、寺の前には、小さな旅館がありますから、今夜は、そこに、泊まることになるかもしれません」

と、三田村が、いった。

香川県の西本と日下、徳島県を担当した田中と鈴木も、次々に、足摺岬に到着してくる。

支店長も、広田も、まだ現れない。金剛福寺の前の通りには、土産物店、レストラン、旅館が、並んでいる。十津川は、明日が勝負と考えて、旅館の一つに、泊まることに決めた。

泊まり客の中には、金剛福寺に行く者もいれば、反対側の足摺岬へ行く人もいるのだろう。

夜が明けて、十津川たちは、目を覚ました。朝食をとりながらも、道路の向こうにある金剛福寺のほうを、にらんでいた。

食事がすむと、八人の刑事たちは、旅館を出た。四人が、寺の境内《けいだい》の中に入り、残りの四人は、道路沿いに、車を停めて、車の中から監視することになった。

バスが到着すると、白装束のお遍路がどっと、降りてくる。この足摺岬には、第三十八番札所の金剛福寺しかないから、お遍路たちが、どっと、この寺に、やってくるのだ。

十津川たちは、車の中から、バスを降りてくるお遍路たちを、じっと、見つめた。なかなか信用金庫の支店長は、現れない。

しばらくすると、また、バスが到着する。

午前十時三十分頃になって、やっと、そのお遍路の中に、小田という支店長の顔を、見つけた。

ほかのお遍路と同じように、白装束、すげ笠、そして、金剛杖をついている。

十津川は、寺の境内にいる四人の刑事たちに、すぐ、連絡を取った。

「今、信用金庫の支店長が、到着した。あとは、犯人の広田を、待つだけだ」

十津川は、自分にいい聞かせるように、いった。

支店長の小田は、ほかのお遍路たちと一緒に、寺の中に、入っていく。

しかし、まだ、犯人の広田は、見つからない。

小田が、寺に入ってから、三十分ほどして、バイクに乗った男が到着した。ヘルメットをかぶり、お遍路の格好は、していない。

しかし、その背の高さ、それから、痩せている体つき、そしてヘルメットを取った時の、強い目と、一文字に結んだ口から、十津川は、それが広田だと、直感した。

「犯人が来たぞ！」

と、十津川は、境内にいる四人の刑事たちに、知らせた。

広田は、道路の端に、バイクを停め、ヘルメットを脱いで、それを、バイクの荷台に置いてから、寺の中に、入っていった。

十津川たちも、それを、追うようにして、金剛福寺の中に、入っていった。

暑いくらいの、明るく強い日差しが、降り注いでいる。

そして突然、境内で、男の叫び声が、きこえた。それは、悲鳴に近い声だった。

それに向かって、十津川たちが、殺到する。本堂の前で、二人の男が、もつれ合っていた。

二人は、お遍路姿の小田と、革ジャンパー姿の、広田だった。

広田の手に、ナイフが握られている。

その広田に向かって、西本と日下が、飛びかかっていった。だが、広田は、二人の刑事を、跳《は》ね飛ばした。

その間に、逃げようとする小田を、追いかけていく。

そして、今度は、田中と鈴木が、広田にとびつき、追いついた十津川たちが、おさえつける。亀井が、広田を殴りつける。

広田は、ただひたすら、暴れている。声は出さない。そして、小田は、悲鳴を、上げている。

十津川は、広田の右手に握られているナイフを、払い落とすと、手錠をかけた。それでもまだ、広田は無言で、暴れ続けている。

「いい加減にしろ！」

亀井が、怒鳴った。

やっと、手錠をかけた広田を、引き起こした。その顔も、ジャンパーとジーンズも、土で汚れている。

西本と日下が、その場から逃げようとする信用金庫の支店長を、

「小田さん、あなたも、ちょっと残っていてください」

と、引き留めた。

広田の強く結んだ口から、血が、にじみ出ていた。

小田が、肩の辺りに、血をにじませて、叫んでいる。

「アイツは、頭がおかしいんだ！　いきなり、切りつけてきやがった！　どうかして

いるんだ！」

と、切れ切れに、叫んでいる。

そんな小田に、向かって、十津川が、いった。

「とにかく、署まで、一緒に来てください。あなたにも、ききたいことが、あるんだ」

6

十津川たちは、二人を、土佐清水の警察署まで、連れていった。その間も、広田は、頑固に、一言も、口をきこうとしない。

肩をわずかだが、切られて、血をにじませている小田のほうは、震えながら、ずっとしゃべり続けている。よほど、怖かったのだろう。

土佐清水の警察署で、十津川は、まず、広田の訊問《じんもん》を、始めた。

「君のことは、よくわかっている。殺人の前科があることも、自殺した荒木健一のために、東京、大阪、京都で、四人の男女を、復讐のために殺したことも、わかっているんだ。それに、間違いないね？」

十津川が、きくと、広田は、

「わかっているのなら、きくことはないだろう」

と、いった。

「もちろん、わかっているが、君のいい分も、きいておきたいんだ」

とだけ、十津川は、いった。

「べつに、いい分はない」

突っけんどんに、広田が、いう。

「しかし、君は、自殺をした荒木健一に成り代わって、彼のために、復讐したんじゃないのか？　自分のやったことは、正しいと、君は思っているのか？」

十津川が、きいた。

「正しいことかどうか、そんなことは、俺は知らない。しかし、このままでは、自殺した荒木さんが、気の毒だった。だから、彼のためにやったことで、それが正しいことであろうとなかろうと、俺には関係ない。どうでもいいことだ」

広田は、じっと、十津川を見て、いった。

「どうでもいいのか？」

「そうだよ。どうせ、俺は死刑になる。死刑になる人間に向かって、お前のやったことは正しいか、それとも、正しくないか、そんなことを、きいてどうするんだ。あんたがどういおうと、俺は、人を、何人も殺してしまっている。最後に、五人目を殺せなかったことだけは残念だが、しかし、俺は、何も後悔はしていない」

と、広田は、いった。

「そんなに、君は、自殺した荒木という人を、尊敬していたのかね？」

と、十津川が、きいた。

「俺は、あの荒木という人に、惚れたんだ。それで十分じゃないか。それ以上、何も必要ない」

また、切り捨てるように、広田が、いった。

解説

山前　譲（推理小説研究家）

東京――ホテルの客室で、還暦を迎えて大部の研究書を出版したばかりの名誉教授が刺殺される。大阪――五十九歳の男のホームレスが刺殺された。京都――大沢の池の畔《ほとり》で、胸を刺された女性の死体が発見される。それぞれの事件の現場には、意味不明の紙切れが残されていた。名誉教授のバスローブのポケットには「第一番」、ホームレスのジャンパーのポケットには「第二番」、そして女性の胸元に挟んであった「第三番」……。

二〇〇五年三月、カッパ・ノベルス（光文社）の一冊として、『青い国から来た殺人者』のタイトルで書き下ろし刊行された、西村京太郎氏の『十津川警部　青い国から来た殺人者』でミステリーとしての興味をまずそそっているのは、いわゆるミッシングリンクの謎だ。

まったく関係のなさそうな三人の被害者だが、十津川警部は不思議な紙切れに注目する。それは同一人物によって書かれたものだった。三人に何らかの繋がりがあるに違いない。その繋がりは何？　失われた三人を繋ぐ鎖は何？　十津川警部の視線はやがて四国へ向けられる。四国の観光資源として有名なあれが、事件の鍵を握っているのではないかと……。

日本各地を駆け回ってきた十津川警部が、一番多く訪れた都道府県はどこだろうか。もちろんホームグラウンドである東京都は別にしての話だが、あまりにもたくさんの事件を解決してきたので、きちんと調べるのはもはや至難の業だろう。

直感的には、新婚旅行で訪れた『夜間飛行《ムーンライト》殺人事件』（一九七九）や、部下であった橋本を追っての『北帰行殺人事件』（一九八一）といった最初期のトラベルミステリー以来、幾度となく舞台になっている北海道がすぐ頭に浮かぶ。だが、北海道は四十七都道府県のなかで最も面積が広いのである。それは当然だ。

逆に、訪れたことが少ない都道府県は？　直感的に思い浮かぶのは四国の四県である。そのうち香川県は、面積的に一番小さい県だから、これまた当然の推理なのだが、他の三県、徳島県、愛媛県、高知県も、十津川警部シリーズによく登場してきたという印象はない。

それにはちゃんと理由があるのだ。作者自身がこう述べている。

四国は、歴史的にも、風土的にも、作家が興味をそそられる土地である。土佐藩士の坂本龍馬はあまりにも有名だし、日本一の清流といわれる四万十川も四国である。他に四国八十八ヶ所の遍路旅も作家の興味をそそるのだが、トラベルミステリー作家の私にとって、唯一の難点は、四国の鉄道である。本土や九州に比べると、四国の鉄道事情は、極端なほど悪いのである。

一部しか電化されていないこともあるが、一番の問題は、四国をぐるりと一周できるルートがないことである。もし、一周できるルートがあれば、さまざまなストーリーが出来るのに残念でならない。

――『西村京太郎サスペンス　十津川警部シリーズ　DVDコレクション　vol.10』（二〇一四・一）

一八八八年、明治二十一年の十月のことだが、松山・三津間に伊予鉄道が開通している。中国・四国地方では初の鉄道で、全国の私鉄としては四番目と、先駆的な鉄路だった。ちなみに伊予鉄道は、現在も存続している鉄道会社としては、二番目に古いという。

それから鉄路は四国に広がっていった。だが、瀬戸内海沿いに四国を横断する高松・宇和島間の予讃本線の全通が一九四五年で、瀬戸内海側と太平洋側を結ぶ多度津・窪川間の土讃本線の全通が一九五一年と、その延伸のスピードはけっして早いものではない。

そして、地形的な制約もあっただろうが、現在の四国の鉄路は、高松駅を起点として、愛媛方面、高知方面、徳島方面へと、放射線状に路線が延びている。四国を一周する鉄道建設の計画はもちろんあった。一九七四年に開通した、愛媛県（伊予）と高知県（土佐）を結ぶ予土線はその一部だが、国鉄の財政事情の悪化によって計画が凍結されてしまう。西村氏が指摘するように、今もって「四国一周鉄道の旅」みたいなことはできないのだ。だから、絶対に無理とは言えないにしても、時刻表を使ったアリバイ・トリックに四国の鉄路は向いていないのである。

十津川警部の事件簿で初めて四国をメインの舞台としたのは、一九八三年刊の『四国連絡特急殺人事件』だった。じつは、一九七九年から翌年にかけて新聞に連載された長編で、それは『寝台特急殺人事件』の刊行の翌年だから、西村氏のトラベルミステリーとしては最初期のものなのである。

西村氏が四国に関心をもっていたことは明らかだ。しかし、意欲的に鉄道ミステリーを書きはじめたその頃、やはり四国の鉄路はある意味、書きづらい状況にあったに違いない。本州とはまだ直接的に結ばれていなかったし、電化された路線もなかった。

それが、一九八七年四月の国鉄民営化でＪＲ四国が発足し、積極的な経営が展開されていく。翌一九八八年四月に開通した瀬戸大橋線によって、四国の鉄路は本州と直結される。山陽新幹線と接続する岡山駅と四国の主要駅を結ぶ特急が走りはじめ、それに合わせて、一部区間ではあるけれど、電化もすすめられていくのだ。もっとも、その際、予讃本線が予讃線に、土讃本線が土讃線にと、「本線」が四国で消えてしまったことを、西村氏は残念がってもいるのだが。

瀬戸大橋には自動車道が併設されていた。瀬戸大橋の東側には、神戸淡路鳴門自動車道も架けられる。完全に本州と連結されたのは一九九八年だが、一九八五年にまず淡路島と鳴門を結ぶ大鳴門橋が開通した。また、「しまなみ海道」というロマンチックな愛称がつけられている西瀬戸自動車道が、尾道と今治を結ぶ。こうした交通網の整備とともに、四国が西村作品で注目されていくのだった。

高松市が県庁所在地の香川県は、『四国連絡特急殺人事件』でも舞台となっていたが、『夜行列車《サンライズエクスプレス》の女』（一九九九）では、東京発高松行の寝台特急「サンライズ瀬戸」に、カメラマンが取材のため乗車している。そして、四国に入ったところで女性の死体を発見するのだった。

徳島平野を流れる四国三郎こと吉野川を遡《さかのぼ》っていくと、ダイナミックな地形で知られる祖谷渓《いやけい》、大歩危《おおぼけ》、小歩危《こぼけ》が待っている。秘境ムード満点のその景勝地を、『祖谷・淡路 殺意の旅』（一九九四）で、十津川警部の元部下で私立探偵の橋本が訪れていた。

『十津川警部 四国お遍路殺人ゲーム』（二〇〇八）では、お遍路のスピードを競うゲームをテレビ局が企画している。それを企画した女性ディレクターが殺され、徳島県で番組を収録中に事件が起こってしまう。『十津川警部 鳴門の愛と死』（二〇〇八）もお遍路に関係していて、徳島で四国八十八ヵ所巡りしていた女性が殺人事件のアリバイに関わってくる。短編の「阿波鳴門殺人事件」（一九九〇）では、大鳴門橋の袂にある鳴門公園で事件が起っていたし。「恋と復讐の徳島線」（一九九二）では、妻の直子が抱いた疑問から、十津川警部が徳島の御所温泉を訪れていた。

愛媛県を舞台にした作品といえば、なんといっても『松山・道後十七文字の殺人』（二〇〇三）だ。投稿した俳句が特別賞に入選したので松山市を訪れた亀井刑事が、市の秘書室長から相談を受けている。投稿された俳句に気味の悪いものがあると……。『特急しおかぜ殺人事件』（一九九五）には松山からお遍路に旅立つ女性が登場する。そして松山へと向かう特急内で事件が起こっていた。短編「海を渡る殺意」（一九九〇）もやはり、特急「しおかぜ」での事件である。誘拐事件の『しまなみ海道追跡ルート』（二〇〇二）は、瀬戸内海を挟んだ愛媛県と岡山県を舞台とするスリリングな長編だ。

高知県を舞台とした長編にはまず『L特急しまんと殺人事件』（一九八九）が挙げられる。高松駅から高知方面へ向かう特急「しまんと」に、十津川班の三田村刑事が乗車している。行方不明の叔父夫婦を探すためだったが、その「しまんと」内で殺人事件と遭遇するのだった。

『高知・龍馬　殺人街道』（二〇〇五）には「私は、現代の坂本龍馬である」と宣言した人物が登場し、高知や京都など、龍馬ゆかりの地で事件が起こっている。短編の「謀殺の四国ルート」（一九九二）では、土佐の小京都と言われる中村へL特急「宇和海1号」で向かう女優が、車窓から殺人事件を目撃していた。

そして本書『十津川警部　青い国から来た殺人者』である。やはり本当の動機を摑むためには、四国へ行かなければならない。十津川警部と亀井刑事はまず松山へと向かった。さすがに急ぎの旅は空路である。堅実な捜査で犯人に迫っていくふたりだが、ついには十津川班あげての捜査が四国全域で展開されるのだ。十津川と亀井が愛媛県、西本と日下が香川県、三田村と北条早苗が高知県、田中と鈴木が徳島県を担当する。こんな事件は他にない。

『十津川警部 青い国から来た殺人者』は、第八回日本ミステリー文学大賞の受賞を記念して、西村京太郎氏が書き下ろした長編だった。十津川班総登場は、ファンへのとっておきのプレゼント、ではなかっただろうか。そして、事件のクライマックスもまた四国である。それはどこ？　これもまた、事件の真相の推理と同様に、本書の大きな楽しみとなっていく。

二〇〇五年三月　カッパ・ノベルス
二〇〇八年十一月　光文社文庫

十津川警部《とつがわけいぶ》 青《あお》い国《くに》から来《き》た殺人者《さつじんしゃ》

西村京太郎《にしむらきょうたろう》

講談社文庫

定価はカバーに
表示してあります

2014年6月13日第1刷発行

発行者──鈴木 哲

発行所──株式会社 講談社

東京都文京区音羽2-12-21 〒112-8001

電話 出版部 (03) 5395-3510
販売部 (03) 5395-5817
業務部 (03) 5395-3615

Printed in Japan

デザイン─菊地信義

本文データ制作─講談社デジタル製作部

印刷───大日本印刷株式会社

製本───大日本印刷株式会社

ISBN978-4-06-277850-3

講談社文庫刊行の辞

二十一世紀の到来を目睫に望みながら、われわれはいま、人類史上かつて例を見ない巨大な転換期をむかえようとしている。

世界も、日本も、激動の予兆に対する期待とおののきを内に蔵して、未知の時代に歩み入ろうとしている。このときにあたり、創業の人野間清治の「ナショナル・エデュケイター」への志を現代に甦らせようと意図して、われわれはここに古今の文芸作品はいうまでもなく、ひろく人文・社会・自然の諸科学から東西の名著を網羅する、新しい綜合文庫の発刊を決意した。

激動の転換期はまた断絶の時代である。われわれは戦後二十五年間の出版文化のありかたへの深い反省をこめて、この断絶の時代にあえて人間的な持続を求めようとする。いたずらに浮薄な商業主義のあだ花を追い求めることなく、長期にわたって良書に生命をあたえようとつとめるところにしか、今後の出版文化の真の繁栄はあり得ないと信じるからである。

同時にわれわれはこの綜合文庫の刊行を通じて、人文・社会・自然の諸科学が、結局人間の学にほかならないことを立証しようと願っている。かつて知識とは、「汝自身を知る」ことにつきていた。現代社会の瑣末な情報の氾濫のなかから、力強い知識の源泉を掘り起し、技術文明のただなかに、生きた人間の姿を復活させること。それこそわれわれの切なる希求である。

われわれは権威に盲従せず、俗流に媚びることなく、渾然一体となって日本の「草の根」をかたちづくる若く新しい世代の人々に、心をこめてこの新しい綜合文庫をおくり届けたい。それは知識の泉であるとともに感受性のふるさとであり、もっとも有機的に組織され、社会に開かれた万人のための大学をめざしている。大方の支援と協力を衷心より切望してやまない。

一九七一年七月

野間省一

西村京太郎ファンクラブ

会員特典（年会費2200円）

◆オリジナル会員証の発行　◆西村京太郎記念館の入場料半額
◆年２回の会報誌の発行（４月・10月発行、情報満載です）
◆抽選・各種イベントへの参加（先生との楽しい企画考案中です）
◆新刊・記念館展示物変更等のお知らせ（不定期）
◆他、追加予定!!

入会のご案内

■郵便局に備え付けの郵便振替払込金受領証にて、記入方法を参考にして年会費2200円を振込んで下さい■受領証は保管して下さい■会員の登録には振込みから約１ヵ月ほどかかります■特典等の発送は会員登録完了後になります。

［記入方法］**１枚目**は下記のとおりに口座番号、金額、加入者名を記入し、そして、払込人住所氏名欄に、ご自分の住所・氏名・電話番号を記入して下さい。

00	郵便振替払込金受領証	窓口払込専用
口座番号	00230－8－17343	金額　2200
加入者名	西村京太郎事務局	料金（消費税込み）　特殊取扱

２枚目は払込取扱票の通信欄に下記のように記入して下さい。

通信欄
(1) 氏名（フリガナ）
(2) 郵便番号（７ケタ）　※必ず７桁でご記入下さい。
(3) 住所（フリガナ）　※必ず都道府県名からご記入下さい。
(4) 生年月日（19XX年XX月XX日）
(5) 年齢　(6) 性別　(7) 電話番号

十津川警部、湯河原に事件です

西村京太郎記念館
■お問い合わせ（記念館事務局）
TEL:0465-63-1599

※申し込みは、郵便振替のみとします。Ｅメール・電話での受付けは一切致しません。

講談社文芸文庫

佐伯一麦
日和山　佐伯一麦自選短篇集
「私」の実感をないがしろにしない作家は常に、「人間が生きて行くこと」を見つめ続けた。処女作から震災後の書き下ろしまで、著者自ら選んだ九篇を収めた短篇集。
解説＝阿部公彦　年譜＝著者
さN2
978-4-06-290233-5

小島信夫
公園／卒業式　小島信夫初期作品集
一高時代の伝説的作品「裸木」や、著者固有のユーモアの淵源を示す「汽車の中」「ふぐりと原子ピストル」など、〈作家・小島信夫〉誕生の秘密に迫る初期作品十三篇を収録。
解説＝佐々木敦　年譜＝柿谷浩一
こA8
978-4-06-290232-8

大西巨人
地獄変相奏鳴曲　第一楽章・第二楽章・第三楽章
十五年戦争から現代に至る日本人の精神の変遷とその社会の姿を圧倒的な筆致で描いた「連環体長篇小説」全四楽章を二分冊で刊行。旧作の新訂篇である第三楽章までを収録。
おU2
978-4-06-290235-9

講談社文庫　目録

編/解説中田整一　真珠湾攻撃総隊長の回想〈淵田美津雄自叙伝〉
中村江里子　女四世代、ひとつ屋根の下
南淵明宏　異端のメス〈心臓外科医が教える病院のウソを見抜く方法！〉
中野美代子　カスティリオーネの庭
中野孝次　すらすら読める方丈記
中野孝次　すらすら読める徒然草
中山七里　贖罪の奏鳴曲《ソナタ》
西村京太郎　天使の傷痕
西村京太郎　D機関情報
西村京太郎　名探偵が多すぎる
西村京太郎　ある朝 海に
西村京太郎　脱出
西村京太郎　四つの終止符
西村京太郎　おれたちはブルースしか歌わない
西村京太郎　名探偵も楽じゃない
西村京太郎　悪への招待
西村京太郎　七人の証人
西村京太郎　ハイビスカス殺人事件
西村京太郎　炎の墓標

西村京太郎　特急さくら殺人事件
西村京太郎　変身願望
西村京太郎　四国連絡特急殺人事件
西村京太郎　午後の脅迫者
西村京太郎　太陽と砂
西村京太郎　寝台特急あかつき殺人事件
西村京太郎　日本シリーズ殺人事件
西村京太郎　L特急踊り子号殺人事件
西村京太郎　寝台特急「北陸」殺人事件
西村京太郎　オホーツク殺人ルート
西村京太郎　行楽特急《ロマンスカー》殺人事件
西村京太郎　南紀殺人ルート
西村京太郎　特急「おき3号」殺人事件
西村京太郎　阿蘇殺人ルート
西村京太郎　日本海殺人ルート
西村京太郎　寝台特急六分間の殺意
西村京太郎　釧路・網走殺人ルート
西村京太郎　アルプス誘拐ルート
西村京太郎　特急「にちりん」の殺意

西村京太郎　青函特急殺人ルート
西村京太郎　山陽・東海道殺人ルート
西村京太郎　十津川警部の対決
西村京太郎　南神威島
西村京太郎　最終ひかり号の女
西村京太郎　富士・箱根殺人ルート
西村京太郎　十津川警部の困惑
西村京太郎　津軽・陸中殺人ルート
西村京太郎　十津川警部C11を追う
西村京太郎　越後・会津殺人ルート〈追いつめられた十津川警部〉
西村京太郎　華麗なる誘拐
西村京太郎　五能線誘拐ルート
西村京太郎　シベリア鉄道殺人事件
西村京太郎　恨みの陸中リアス線
西村京太郎　鳥取・出雲殺人ルート
西村京太郎　尾道・倉敷殺人ルート
西村京太郎　諏訪《すわ》・安曇野《あずみの》殺人ルート
西村京太郎　哀しみの北廃止線
西村京太郎　伊豆海岸殺人ルート

講談社文庫　目録

講談社文庫　目録

西村京太郎　十津川警部 青い国から来た殺人者
新津きよみ　スパイラル・エイジ
西村寿行　異常者
新田次郎　新装版 武田勝頼 (一)陽の巻 (二)水の巻 (三)空の巻
新田次郎　新装版 聖職の碑《いしぶみ》
日本文芸家協会編　愛染夢灯籠〈時代小説傑作選〉
日本推理作家協会編　零時の犯罪予報〈ミステリー傑作選46〉
日本推理作家協会編　殺人の教室〈ミステリー傑作選〉
日本推理作家協会編　孤独な交響曲《シンフォニー》〈ミステリー傑作選〉
日本推理作家協会編　犯人たちの部屋〈ミステリー傑作選〉
日本推理作家協会編　仕掛けられた罪〈ミステリー傑作選〉
日本推理作家協会編　隠された鍵〈ミステリー傑作選〉
日本推理作家協会編　セブン・ミステリーズ〈ミステリー傑作選〉
日本推理作家協会編　曲げられた真相〈ミステリー傑作選〉
日本推理作家協会編　ULTIMATE MYSTERY 究極のミステリー、ここにあり〈ミステリー傑作選〉
日本推理作家協会編　MARVELOUS MYSTERY 至高のミステリー、ここにあり〈ミステリー傑作選〉
日本推理作家協会編　Play《プレイ》推理遊戯〈ミステリー傑作選〉
日本推理作家協会編　Doubt《ダウト》きりのない疑惑〈ミステリー傑作選〉
日本推理作家協会編　Bluff《ブラフ》騙し合いの夜〈ミステリー傑作選〉
日本推理作家協会編　Spiral《スパイラル》めくるめく謎〈ミステリー傑作選〉
日本推理作家協会編　Logic《ロジック》真相への回廊〈ミステリー傑作選〉
日本推理作家協会編　BORDER《ボーダー》善と悪の境界〈ミステリー傑作選〉
日本推理作家協会編　Guilty《ギルティ》殺意の連鎖〈ミステリー傑作選〉
日本推理作家協会編　1ダースの殺意〈ミステリー傑作選・特別編1〉
日本推理作家協会編　殺しのルート13〈ミステリー傑作選・特別編2〉
日本推理作家協会編　真夏の夜の悪夢〈ミステリー傑作選・特別編3〉
日本推理作家協会編　57人の見知らぬ乗客〈ミステリー傑作選・特別編4〉
日本推理作家協会編　自選ショート・ミステリー〈ミステリー傑作選・特別編5〉
日本推理作家協会編　自選ショート・ミステリー2〈ミステリー傑作選・特別編6〉
日本推理作家協会編　謎001〈東野圭吾選スペシャル・ブレンド・ミステリー〉
日本推理作家協会編　謎002〈宮部みゆき選スペシャル・ブレンド・ミステリー〉
日本推理作家協会編　謎003〈恩田陸選スペシャル・ブレンド・ミステリー〉
日本推理作家協会編　謎004〈京極夏彦選スペシャル・ブレンド・ミステリー〉
日本推理作家協会編　謎005〈伊坂幸太郎選スペシャル・ブレンド・ミステリー〉
日本推理作家協会編　謎006〈今野敏選スペシャル・ブレンド・ミステリー〉
日本推理作家協会編　謎007〈桜庭一樹選スペシャル・ブレンド・ミステリー〉
日本推理作家協会編　謎008〈辻村深月選スペシャル・ブレンド・ミステリー〉
西木正明　極楽谷に死す
二階堂黎人　地獄の奇術師
二階堂黎人　聖アウスラ修道院の惨劇
二階堂黎人　ユリ迷宮
二階堂黎人　吸血の家
二階堂黎人　私が捜した少年
二階堂黎人　クロへの長い道
二階堂黎人　名探偵水乃サトルの大冒険
二階堂黎人　名探偵の肖像
二階堂黎人　悪魔のラビリンス
二階堂黎人　増加博士と目減卿
二階堂黎人　ドアの向こう側
二階堂黎人　魔術王事件(上)(下)
二階堂黎人　軽井沢マジック
二階堂黎人　聖域の殺戮
二階堂黎人　カーの復讐
二階堂黎人　双面獣事件(上)(下)
二階堂黎人／千澤のり子　ルームシェア〈私立探偵・桐山真紀子〉
二階堂黎人編　密室殺人大百科(上)(下)
新美敬子　世界の旅猫105

2014年6月15日現在